講談社文庫

# 嶽神伝《がくじんでん》　無坂《むさか》(上)

長谷川 卓



講談社

山の者たちの集団の中から、数年から数十年にひとり、時としてとてつもなく知力と技にたけた者が出ることがある。その心根はあくまでも清く、出会った者たちは皆、その心に打たれるという。山の者たちはそうした男を《嶽神《がくじん》》と呼んでいる。

# 序

天文十年（一五四一）五月。

甲斐守護職の武田《たけだ》信虎《のぶとら》は、北信濃を治める村上義清《むらかみよしきよ》と諏訪《すわ》を治める諏訪頼重《よりしげ》とともに、小県《ちいさがた》の海野棟綱《うんのむねつな》（真田《さなだ》家の祖である真田幸隆《ゆきたか》の父）を海野平に攻め、甲斐に凱旋帰国する。

翌六月。戦勝に酔った信虎の心に油断があったのか、嫡子に裏切られるとは予想だにしていなかったのか――。

駿河《するが》に娘婿の今川義元《いまがわよしもと》を訪ねた帰路、信虎は国境《くにざかい》で甲斐への入国を拒絶され、駿河に追放される。

時に信虎、四十八歳。父を追った嫡子・晴信《はるのぶ》（後の信玄《しんげん》）、二十一歳。

この日を以て甲斐国主の座は、晴信の手に移る。

信虎は、父信縄《のぶつな》の急死を受け、十四歳で武田家の家督を継ぐや、十五の歳には守護職の地位を狙う親族らを倒し、十七の歳には甲斐を統一に導いた一代の梟雄《きょうゆう》である。

また居館を石和《いさわ》から躑躅ケ崎《つつじがさき》に移すなど、武田家の基盤を築き上げた武将でもあった。
だが、打ち続く凶作にも拘わらず出兵を繰り返す信虎に、領民も重臣も不満を抱いていた。罪科もない領民を戯れに虐殺するなど、信虎の冷酷な一面に恐れを抱く者もあった。周囲が晴信への代替わりを望んでいたこの時期、晴信自身にも切羽詰まった問題があった。信虎は、武田家の家督を嫡子の晴信ではなく、その弟の信繁《のぶしげ》に継がせようと思っているふしがあったのだ。

追われる前に、追う。それが嫡子・晴信の下した決断だった。

代替わりは、血の粛清《しゆくせい》を見ることもなく遂行された。しかし、実の父を他国に追放した晴信の遣り口を是としない者もまたあった。人心《じんしん》の乱れは、避けるべくもなかった。

それらの者の口を噤《つぐ》ませ、且つ己に従わせるためには、己の力で甲斐の国を大国に押し上げるしかない。それでこそ、父を超える者として、誰もが心服する。

晴信が目を付けたのは、信濃だった。信濃の米を是が非にも我が物としたかったのだ。米さえあれば、多くの兵を養える。

晴信は、信濃の入り口となる諏訪に攻略の矛先を向けた。妹の禰々《ねね》の嫁ぎ先である。

諏訪の国内は、諏訪上社の大祝《おおはふり》にして総領家の諏訪頼重と、その地位を狙う同族の高遠頼継《たかとおよりつぐ》らとの対立で乱れていた。晴信にとって、まさに願ってもない状況であった。

諏訪を落とせば、信濃攻略は容易になる。晴信は諏訪を攻めることで、乱れた人心を掌握《しょうあく》するとともに、領地の拡張を目論んだのである。そこに兄妹の情愛が入り込む余地など、まったくなかった。それが乱世に生を受けた者の宿命《さだめ》であった。

後に甲斐の虎と呼ばれる武田晴信の野望の人生は、今まさに幕を開けようとしていた。

この物語は、晴信の生きた時代をしたたかに生き、駆け抜けていった山の者たちの話であり、諏訪攻略の前夜に始まる。

目次

〈下巻目次〉

# 嶽神伝
## 主要舞台

麻績
葛尾城
戸石城
禰津
上田原
小諸
碓氷峠
小田井原
岩村田
志賀城
内山城
林城
長窪
塩尻
諏訪大社
下諏訪
大門峠
諏訪湖
伊奈街道
(三州街道)
入沢衆
桑原城
上原城
杖突峠
安国寺
姥神峠
福与
久津輪衆
高遠
高遠城
鍋懸峠
(権兵衛峠)
伊奈部
宮田村
甲州街道
市野瀬峠(分杭峠)
甲斐
躑躅ヶ崎館
中山道
天龍川
木暮衆
鹿塩
飯田
地蔵峠
秋葉街道
富士山
根羽
青崩峠
水窪
巣雲衆
足高山
(愛鷹山)
足助
秋葉神社
駿河湾
豆州
吉田(豊橋)
浜松
相良
大井川
遠州灘
天龍川
0
20km
N

嶽神伝　無坂（上）

《主要登場人物　上巻》

羽鳥《はとり》　木暮衆《こぐれしゅう》の長
多岐《たき》　羽鳥の女房
火虫《ひむし》　木暮衆の一の組の小頭
室津《むろつ》　同二の組の小頭
志戸呂《しとろ》　同三の組の小頭
無坂《むさか》　同四の組の小頭
龍五《りゅうご》　無坂の長男
若菜《わかな》　無坂の長女
水木《みずき》　無坂の次女
百太郎《ひゃくたろう》　木暮衆の居付き
志《し》げ　百太郎の女房
萱野《かやの》　久津輪衆《くつわしゅう》の長
瀬名《せな》　萱野の次男
美鈴《みすず》　瀬名の女房　無坂の妹
草次郎《そうじろう》　瀬名の次男
山根《やまね》　久津輪衆の女衆

石雲《せきうん》　鳥谷衆《とやしゅう》の棟梁
作間《さくま》　同小頭
真崎《まさき》　同男衆
十四《とし》　同男衆
武田晴信《たけだはるのぶ》　甲斐国主
板垣信方《いたがきのぶかた》　諏訪郡代　武田の忍びを率いる
山本勘助《やまもとかんすけ》　足軽隊将
中井弥左衛門《なかいやざえもん》　山本勘助配下　元諏訪家に仕える
田尻新兵衛《たじりしんべえ》　山本勘助配下　元諏訪家に仕える
諏訪頼重《すわよりしげ》　諏訪家当主
禰々《ねね》　頼重の正室
小見《おみ》の方　頼重の側室
小夜姫《さよひめ》　頼重の娘
北条幻庵《ほうじょうげんあん》　北条早雲の四男　風魔を率いる

# 第一章　小夜姫

# 一

天文十一年（一五四二）四月。

武田晴信が父・信虎を追放して十一か月が過ぎた。

この日——。

山の者・木暮衆《こぐれしゅう》の無坂《むさか》は、奥大井の山中にいた。

雲が走っている。地表に落ちた雲の影が、草を、木を、岩を、掃くように流れてゆく。早い。木が唸《うな》り、山がどよめいている。

吹きすさぶ風を切り裂き、鋭い鳴き声が耳朶《じだ》を打った。

何だ？

無坂は、思わず木立の切れ間から足許に広がる谷を見渡した。三十間（約五十五メートル）程下ったところで、風に巻かれた笹や樹木が波打つように揺れている。橅《ぶな》の木立の中から鹿が飛び出してきた。追われているらしい。懸命に速度を上げている。

熊か。

逃げ場のないところで出会ったのならば、対処の法を取るが、逃げ場があるのならば、こちらも逃げるに如《し》くは無い。

木立の枝が騒いだ。夥《おびただ》しい数の黒いものが、枝から枝に飛び移り、鹿を追っている。

猿だ。

熊よりも始末の悪いものだった。

鹿の跳躍に合わせ、猿が枝から枝へと飛び移っている。二百匹はいるだろう。

牙《きば》を剥《む》いた一匹の猿が、空に舞った。猿の長い手が鹿の首に掛かった。巻き付いている。猿が真っ赤な口を開け、鹿の首筋に噛み付いた。ぴぃという鳴き声を残して鹿が崩れるように倒れた。次の瞬間、鹿の姿は、四方から飛び降りて来た猿の群れの中に埋もれて消えた。

鹿を襲った猿が、谷を渡り、こちらに来るかもしれない。

無坂は波打つ胸に手を当て、群れから逃げる術を考えた。山中で猿に襲われたら、土に潜るか、水に身を沈めるかしか、助かる道はない。しくじれば、死あるのみである。

しかし今は、そのいずれもが叶わぬことだった。猿との間合は三十間。土を掘ればにおいが立ち、大気が騒ぐ。ここにいることを悟られてしまうだろう。身体をすっぽりと隠すだけの土を掘る余裕もない。川は？　覚えている限り、この獣道を走り抜け、山を下りなければ水はない。そこまで、半刻《はんとき》は掛かる。では、どうすればよいのだ？

運を天に任せ、動かず、己が身を樹木と化す。それしか方法はなかった。

どうして、猿に気付かなかったのだ。臍《ほぞ》を噛む思いだった。風の音に掻き消されていたのだろうか。

迷いを飲み込んだ。

太めの橅に背を凭《もた》せ掛け、足を投げ出してずるずると座り、柿渋《かきしぶ》を塗り重ねた笠を目深に被り、息を殺した。

猿が崖を駆け上って来ているらしい。木立が、草が騒ぎ、夥しい数の猿叫《えんきょう》が重なり、森に弾けている。

枝の折れる音が続いて起こった。目の端で見た。数十間離れたところを、黒いものが飛び、跳ね、吠えながら渡っている。そこが猿の群れの中心であるらしい。しめた。助かるかもしれん。群れの中心から外れていればいる程、気付かれずにいられるはずだった。

風が耳を打ち、笠を揺らした。刺し子の袖がはためいた。

いいぞ、俺のにおいが消える。

無坂は風に礼を言いながら、猿を駆り立てた因が、その風にあることも知っていた。猿どもは風に追われるように走っていた。風の向きが、ここからおよそ三日のところにある無坂の集落に向いていないことが救いだった。集落の方に向かっていても、知らせる術がない。

突然、左右の木立の中を、無坂の背から足の方に向かって、黒いものが行き過ぎた。

気付かれたのか。

一瞬、汗が噴き出しそうになったが、猿はそのまま行ってしまった。

ほっと息を吐こうとした時、脇の葉がこそりと鳴った。

いる。猿がいる。

目だけを動かして音の方を見た。笠の下に、小さな脚が見えた。僅《わず》かに笠の縁を持ち上げた。仔猿だった。

仔猿は両の手をだらりと下げ、無坂を見上げていた。目が合った。目の下が赤い。口の周りも、そこだけ異様に白い毛が密集して生えている咽喉許《のどもと》も、胸も、手も赤い。血だった。鹿の腹に、頭から突っ込んでいたのだろう。

仔猿が口を開けた。黄色い小さな牙が覗いた。

山刀か鉈《なた》で叩けば、息の根を止めるのは訳もないことだったが、それが何をもたらすかを考えると、手出しは出来なかった。掌《てのひら》に汗が滲《にじ》んだ。

仔猿がおずおずと手を伸ばし始めた。無坂の足に触ろうとしている。威嚇しようというのか、牙を剝き、小さく唸っている。無坂は息を詰めた。

数瞬の時が流れた。

仔猿の身体が前屈みになったのと同時に、遠くから猿の吠える声が聞こえてきた。仔猿が振り返り、木立を見回している。仲間の姿はない。俄《にわか》に心細くなったのか、キッと鳴き、無坂を見上げた。無坂は仔猿を睨み付けると、行け、と言った。

しかし、仔猿は動かないでいる。立ち竦《すく》んでいるのだ。

「行け」無坂は、今度は強い口調で言った。

仔猿は数歩後退ると、弾かれたように獣道を駆け出した。小さな背が、灌木《かんぼく》の下草の中に消えた。

無坂は重苦しい息を吐き出すと、そのまま橅に凭れ、身動きもせずに夜が来るのを待った。

無坂は遠回りをして、五日後に家族らのいる木暮衆の集落に戻った。

集落は、信濃国の伊奈《いな》は大塩《おおしお》の東、黒河山《くろかわやま》の西の谷間《たにあい》にあった。黒河山から流れ出た川が脇を流れ、集落を壁のように守る崖の下からは湯が湧き出していた。そこに、木暮衆十六家族七十三人が、五十二歳になる長《おさ》を中心に四人の小頭《こがしら》を補佐として、集落を構えていた。

無坂は四の組を率いる小頭、すなわち四の小頭で、猿に出会《でくわ》したのは、病に臥《ふ》せっている奥大井の集落の長を見舞っての帰り道であった。常ならば、ひとりでの行動はしない決まりとなっていたのだが、慣れが招いた油断であった。だが、ひとりだから助かったと言えなくもなかった。ひとりならば、己の身体さえ処すことが出来れば、何とかなる。

「無事で何よりでした」

出迎えた集落の者たちが口々に言った。畑に通じている坂道を、無坂の倅《せがれ》と娘たちが駆け足でやって来るのが見えた。

「悪い兆しでなければよいが」

長の羽鳥《はとり》が、雲の流れを見遣りながら言った。

## 二

無坂が猿の群れをかわして集落に戻り、十日が経った。

「どうする？」と二の小頭の室津《むろつ》が、無坂に訊いた。室津は四十四歳。無坂の六つ年上になる。「言われていた品は調《ととの》えたが、まだ猿が気になるようなら、もう少し様子を見てもよいし、何なら今回は俺が出掛けてもよいぞ」

諏訪総領家の当主・諏訪頼重の居館・上原館《うえはらやかた》に行くのか、それとも代理を立てるのか、と訊いたのである。訪ねるのは、頼重ではない。側室の小見《おみ》の方である。

小見の方は筑摩《ちくま》郡麻績《おみ》郷の豪族・麻績氏の出で、享禄二年（一五二九）十三歳の時に諏訪家に入り、翌年一女小夜姫《さよひめ》をもうけていた。小夜姫は、この年に武田晴信の側室となり、後に武田勝頼を生む諏訪御料人である。

三年前の秋口のことになる。

小見の方が小夜姫を伴い、上原館に程近い湯治場に出掛けたことがあった。湯に浸かり、山家《やまが》のものを食し、ゆるりと帰館するはずだった。ところが、着いた翌日小夜姫が高熱を発してしまった。近くの寺に家人《けにん》を走らせたが、医術の心得のある僧侶はいなかった。

小夜姫は額に汗を浮かべて苦しんでいる。どうしたらよいのか。困っていたところに、無坂が駿平《しゆんぺい》と義助《ぎすけ》のふたりを連れて湯治場に薬草や山鳥を卸しに訪れて来た。

湯守が無坂に熱を下げる薬湯を煎じてくれるように頼み込んだ。もし小夜姫が命を落とすようなことになれば、己一個の命のみならず湯治場の存続すら危うくなる。熱を下げる薬草ならば、露草《つゆくさ》と接骨木《にわとこ》の葉を干したものを携えていたが、効き目は遅く、病の具合によっては即効性が求められる。

――姫様のお歳は？

――まだ十歳程で、身体がお弱いという話を承っておるが。

熱は身体の力を奪う。早く下げなければならない。

――姫様のご様子を診せてもらえましょうか。

湯守は、下唇を噛むようにして考えていたが、意を決したのか、

――伺って来よう。

姫が臥せっているという奥に消えた。

程なくして供侍が先に立って戻って来ると、

無坂の身体を睨《ね》め回すと、駄目だ、と湯守に言った。

――其の方か……。

――頼るに値せぬわ。他の者はおらぬのか。

――お待ちくだされ。

遅れて来た髭《ひげ》の供侍が、先の供侍に声を掛け、湯守に訊いた。

――この者の薬湯は効くのか。

湯守が即座に頷き、これまでも診てもらったことがあると述べた。

――山の者は薬草に詳しいゆえ、医僧を雇えぬ武将は、戦に山の者を同道させると

聞いたことがあるが、其の方も、詳しい口か。

——昔から言い伝えられている薬湯は一通り心得ております。

——それでよい。十分じゃ。

廊下から小袖に打掛を羽織った女性《にょしょう》が現れ、直ちに姫を診るように、と言った。

——小見の方様、斯様《かよう》な者をお信じになられるのでございますか。

食い下がる先の供侍を制して、髭の供侍が平伏している無坂に、上がるように、と言った。刻《とき》が惜しい。

ここで待っていろ。無坂は駿平と義助に言い置いて、髭の供侍の後に続いた。

小夜姫は熱にうなされ、赤い顔をしていた。

一礼して膝を進めると、額の手拭いを取り、掌を当てた。熱い。手拭いを水に潜らせ、絞り、額に戻し、経緯《いきさつ》を髭の供侍に尋ねた。

昨夕、湯治場に着いた。夕餉《ゆうげ》は摂ったが、食は細かった。しかし、それはいつものことなので、気にも留めなかった。姫が求めるまま、ゆうべは湯に浸かった。その頃まではお元気であったが、今日の昼近くなって熱が出始め、見る間に熱が上がってしまった、ということだった。

腹が痛むというようなことは？　何も仰《おつしや》っていなかった。

咳き込むようなこともなかった。

――どうでしょうか。小見の方が、無坂に尋ねた。

――疲れからきたものと思われます。薬湯を煎じて参りましょう。

――頼みます。弥左衛門《やざえもん》。

小見の方が、髭の供侍を呼び、求めるものを揃えるように、と言った。

弥左衛門とともに厨《くりや》に戻ると、駿平と義助が駆け寄ってきた。

――急いで探してくれ。

聞き耳を立てていた弥左衛門が、おい、と無坂の胸倉を摑んだ。姫様に何を飲ませる気だ？

――お治ししたいのなら、見ていてください。

――万一の時は、儂《わし》がこの手で汝《うぬ》が素っ首、叩き斬ってくれるから、覚悟しておけ。

見ている駿平らに、急ぐように言った。ふたりが表に駆け出した。

――鍋で湯を沸かしてください、と湯守に命じた。椀に三杯分くらいでよいでしょう。それと、水をお願いします。

湯守が下働きの女に指図している。

表から駿平が戻ってきた。赤い糸のようなミミズを両の手に十数匹ずつ持っている。その中から太めのものを外し、水に落として洗った。

――どうするのだ？
――お任せを。
洗い終えたところで、ミミズを湯に入れ、煮詰めに入った。
――いかがですか。
小見の方が自ら尋ねに厨にきた。
――間もなく出来ます。
――姫は、好き嫌いがあります。飲める味でしょうか。
弥左衛門が髭をしごくようにして無坂を見た。
――猿梨《さるなし》の実が残っていたな？
義助が頷いた。
――皮を剝き、擂《す》り潰して汁にしてくれ。
義助が湯守から擂り鉢《ばち》を借り、猿梨を擂りはじめた。甘く熟した香がしている。
――煮詰まってきました。
鍋を見ていた駿平が言った。
飲みやすいように、冷ますよう言った。
鍋を水に浮かべ、冷やしている。義助が擂り潰し終えた。
無坂はミミズの煎じ薬を猿梨の鉢に流し込んだ。飲み頃の熱さになった。

柄杓《ひしやく》で掬い取り、味見をした。少し酸いが、十分に甘く、薬湯とは思えない味になっていた。

——これならば、姫様のお口にも合いましょう。

——どれ？

小見の方が手を伸ばした。

——お待ち下さい。某《それがし》が味見をいたします。

弥左衛門が、柄杓を取り上げた。だが、口に含む寸前で躊躇《ためら》っている。

——何といたしました？

——はい……。

弥左衛門が目を閉じ、口に入れた。意を決したのか、ごくりと咽喉が鳴った。目が開いた。

——美味い。

——実《まこと》か。

小見の方の手が再び伸び、煎じ薬を柄杓で掬った。

——何ともよい味じゃ。さっ、急いで姫に。

小夜姫は咽喉が渇いていたこともあったのか、作った煎じ薬を飲み干すと寝息を立てて眠りに就いた。

無坂らは厨に留め置かれ、朝を迎えた。その間に弥左衛門から、小見の方が諏訪総領家の室であり、姫の御命に何かあった時には覚悟をするように、と言われていた。

恐らくは大丈夫だ、と思ってはいたものの、よい心持ちのものではなかったと、後に無坂らは笑い合うことになるのだが、煎じ薬を飲んだ小夜姫は、夜中に大量の汗を掻き、翌朝には熱が下がり、起き上がれるようになっていた。

――何を煎じたものか。これからのこともある。教えてくれぬか。

小見の方に問われ、実は、と無坂はミミズだ、と打ち明けた。

石の裏などにいる糸ミミズ約十四を椀に三杯分程の沸かした湯に落とし、湯量が半分になるくらい煮詰めたものを飲ませたのだと話した。

――そなた、知っておったのですね？

小見の方が弥左衛門に訊いた。弥左衛門が頷いた。

――味見の時に躊躇ったのを見て、もしや異なものか、とも思うたが、敢えて訊きませんでした。訊いてしまったら、姫には飲ませられぬと怖気《おぞけ》を震ったことでしょう。

訊かずに我慢した私を褒めてやりましょう。小見の方は笑みを見せると、その場に手を突き、頭を下げた。

――助かりました。礼を申します。

——もしよろしければ、薬湯をお作りになる時のために申し上げておきたいことがございますが。

——何です？

ミミズを水から煮立てると、溶けて生臭い汁になるので、お気を付けください。必ず湯からです。

——聞いておかねばならぬことでしたが、聞かねばよかった。ひどく吐き気がしてきました。

小見の方は袖で口許を隠し、眉を顰めて見せたが、直ぐに破顔した。

それが出会いで、以降毎年ほぼ春と秋に、無坂が薬草を館に届けるようになっていた。

「そうですね……」

室津の言葉に、無坂は考え込んだ。

まだ近くに猿がいるのではないか、と気にして一日延ばしにしていたが、近くの山に猿の気配はなかった。

猿は群れをなして生き物を襲うことがある、と話には聞いた覚えがあったが、この目で見たのは生まれて三十八年、初めてのことだったので、過敏になり過ぎていたのだろう。あまり考え過ぎない方がよいのかもしれない。それに、諏訪の後には三州《さんしゅう》（三河国《みかわのくに》）の足助《あすけ》に行き、集落が足助の塩問屋から請け負っている塩の護送をしなければならなかった。ゆったりと構えている暇はない。

「やはり、俺が行きましょう」

助けた命は、見守らねばならぬ。消え入りそうな命は、尽きるまで看取らねばならぬ。山の者が守ってきた定めである。このふたつの定めを、木暮衆は守ってきた。縁あって小夜姫の命を助けた以上、無坂には見守る責があった。

小見の方にでもミミズの一件を聞いたのだろう。ミミズの無坂、と言いながら、駆け寄ってくる小夜姫の元気な姿を見たかった。嫁ぐ先は、いずれかの豪族であろう。相手によっては、会うことなど叶わなくなるかもしれない。小夜姫は今年十三歳である。いつ嫁いでもおかしくはなかった。

「分かった。誰を連れて行くか。決めておいてくれ」

木暮衆では、諏訪氏の館に行くような仕事を、出掛けても日を置かずに戻るところから《山彦渡り《やまびこわた》》とか、単に《山彦》と言った。無坂は、伊奈に留まらず、諏訪や佐久の道にも詳しいことから《山彦》を一手に引き受けているため、集落では《山彦の無坂》とか、若い衆からは《山彦の叔父貴》と呼ばれることもあった。集落では、足助に行くのも《山彦》のひとつで、集落では特に《足助働き》と言った。

《山彦渡り》として出るとなると、供がいる。供は、十代の若い者と、次代の集落を背負ってゆく二十代か三十代の者の中から選んだ。だが、此度の《山彦》は、諏訪総領家を訪ねるのである。がさつな者は、連れて行けない。

組配下の玄三《げんぞう》と一の組の笹市《ささいち》を選び、長と一の小頭・火虫《ひむし》の許しを得た。

二日後無坂は、干した薬草と、去年の秋に小夜姫から頼まれていた竹節虫《ななふし》という虫を竹筒に移し、夜明け前の薄闇の中、木暮衆の集落を発った。

太布《たふ》の刺し子を纏《まと》い、毬栗《いがぐり》染めの股引《ももひき》を穿き、背には背負子《しょいこ》を、手には五尺の杖を持ち、駆ける。膝を巧みに使い、飛ぶように走る。

集落を発ったのが、半刻前。まもなく秋葉《あきは》街道に出る。獣道の多い行程を思えば、いい走りだった。

上原館に行くには、鹿塩川《かしおがわ》沿いの道をひたすら走り、後に分杭峠《ぶんぐいとうげ》と呼ばれる市野瀬《いちのせ》峠を越して高遠に出、更に藤沢川沿いに藤沢、片倉と抜けて杖突峠《つえつきとうげ》を越えなければならない。杖突峠を越せば上原村までは曲がりくねった山道を駆け下るだけであり、館のある金毘羅《こんぴら》山は上原村からまもなくのところである。館まで五刻（約十時間）か五刻半（約十一時間）も見ておけばよいだろう。だが、それでは館を訪れる刻限が夕刻になってしまう。ふたりには上原村近くの森で露宿し、館に出向くと伝えてある。気持ちに余裕があるのか、ふたりの足が伸びやかに出ていた。

上原村までの道は、川に沿っているところが多かった。ありがたいことだった。水音で疲れも癒される思いがする。

高遠を抜けると、藤沢川の流れが寄り添ってきた。

河原に下り、湯を沸かし、昼餉《ひる》を摂ることにした。この頃はまだ一日二食が普通であったが、山を駆け身体を使う山の者らは、早くから朝夕に軽い昼餉を加えた三食の暮らしをしていた。

背負子の籠《かご》から竹の皮に包まれた昼餉を取り出した。中身は、蕎麦の実を粉に挽いたものを湯で練り、焼いて胡麻味噌を塗った蕎麦餅である。

この背負子を使って十八年になる。十五歳の年にもらった最初の背負子は、五年程使ったところで熊に襲われ、壊されてしまった。

背負子には、怪我をした仲間を背負えるように、腰板が据え付けられていた。その腰板に、竹で編み、柿渋で塗り固めた箱と、竹の籠が括り付けられている。箱には薬草を入れた竹筒などが収められており、籠には着替えや渋紙を縫い込んだ引き回しと、草庵の屋根に被せる渋紙の他、蕎麦の実や栗や粟《あわ》、稗《ひえ》などの食糧が入っていた。

蕎麦餅を、湯を沸かしている鍋の傍らで焼き、食べ、湯を飲み、再び街道に出た。

街道と言っても馬が二頭並んで走るのがやっとの道幅で、鬱蒼《うっそう》と繁った樹木が道を覆い隠し、昼でも薄暗いところも多々あった。人影はほとんどなく、たまに近隣の村々へ商いの品を運ぶ者らの姿を見かけるくらいなものだが、人気のない道を走って来る者がいれば、盗賊か、と疑われかねない。

街道で人を追い抜くか、擦れ違う時には、

「急ぎでございます。御免を蒙ります」

と声を掛けて走り抜けるのが礼儀とされていた。

無坂らは、声掛けだけでなく、走る速度も落とし、早足で行き過ぎるようにした。それは、山の者を見る里者の目を考えてのことだった。里者は、山に棲んでいるのは、神か物の怪か、里を追われた者のいずれかだと思い込んでおり、人ならぬ者、異形の者を見るような目で接してきた。山から山を渡り歩く。四つ脚を食べる。己らとはまったく生き方が違う。用がなければ、近付くな。それが、里者であった。

しかし、山で暮らすには里者の作り出す塩や米に布、それに刃物が必要だった。争い事を起こさず、上手く折り合うように、細心の注意を払わなければならなかった。

街道を避けて通れるところは避けて通り、杖突峠の頂きに着いたのは、高遠を出て約二刻（四時間）の後であった。

峠からは諏訪の湖と諏訪の家並みが、目を上げれば蓼科山《たてしなやま》や遠く浅間山までが望めた。まだ十七の玄三は、三河の方へと下ったことはあったが、蓼科や浅間の山容を見るのは初めてだった。

「山の形をよく覚えておけよ。浅間の手前が佐久だ」

小田井《おたい》に岩村田《いわむらだ》という中山道の村がある。無坂は指していた指を少し左にずらし、浅間の裾野で止め、小諸を越えたあそこ辺りが、と言った。

「小県郡の禰津《ねづ》だ。領主の禰津氏は、諏訪総領家とは縁戚でな、姫は武田晴信の側室に入ったばかりらしい」

「禰津御料人様だ」

笹市が玄三に言った。笹市は二十九歳。山城への食糧の輸送などにも加わっていた分、玄三より国主や豪族の話に詳しかった。

「父親を駿河に追い出し、禰津の姫を側室に差し出させる。武田晴信とは一体どのような男なのでしょうね？」

晴信は、前年の六月に父・信虎を駿河の今川義元の許に追い、甲斐国主の座を手に入れていた。妊婦の腹を裂くなど、信虎の非道な振る舞いを見かねての止むに止まれぬ仕業だとか、信虎が嫡男の晴信ではなく、次男の信繁を後継ぎに据えようとしていたため、自身が追われる前に身を守ったとか、里の様々な噂は無坂らも知っていたが、

「己の目で見て、人となりを確かめるしかあるまいよ」

とするのが、無坂の考え方だった。

「一度は間近に見てみたいものです」

「俺も、です」玄三が、顔を諏訪からぐるりと反対の甲斐の方に向け、見詰めた。

「よし」と無坂がふたりに言った。「休みはこれまでだ。下るぞ」

うねるように曲がる坂道を半刻程下ると、上原村が竹林越しに霞んで見えた。竹林で筍《たけのこ》を二本掘り、籠に収め、峠を下りる。安国寺《あんこくじ》の近くで宮川を渡り、上原村の村外れに出た。

村外れとはいえ街道脇に草庵を立てたのでは、人目に付く。少し離れた藪の中に草を敷き、伐り出した枝を組んで支柱を作り、渋紙で屋根を覆って簡便な草庵を編んだ。無坂が草庵を作っている間に、笹市と玄三に水を汲ませ、野草を採りに行かせた。

石を置いて竈《かまど》を作り、火を熾《おこ》す。鍋を置き、蕎麦の実を入れる。湯が沸き、蕎麦の実が躍り始める。そこに刻んだ筍と摘み採ってきた野草を千切って入れ、味噌を落とし、筍の先の柔らかいところは竹の皮に包んで焼いた。

ふっくらと焼け、湯気の立つ筍を頬張りながら蕎麦雑炊を食べ、残り火に太めの枝と青葉をくべた。煙が草庵に棚引く。虫と獣除けのためである。

寝る前に、小夜姫から頼まれていた竹節虫の様子を見、新しい枝に換えるよう玄三に言った。玄三は藪の小枝を切り取って来ると、籠から太い竹筒を取り出し、そっと渋紙の上に空けた。枝とそっくりな褐色の細長い虫が緩慢な動きを見せて、枝から離れようとしている。

「変わったものを所望なされる姫様ですね」玄三が新しい枝を竹筒に入れながら言った。

「目立った動きをしなければ、見付からぬ。そこに我が身を重ね合わせたのか、と考えると、痛々しゅうてならんのだ」

「何か気になることでもあるのですか」笹市が訊いた。

「竹節虫を頼まれた時には、それらしい素振りはお見せにならなかったが、今の世、姫は戦の道具にされるだけだ。感じるものがあったのかもしれぬな」

「何の不足もないように思えますが」

「見た目には、な」

玄三は竹筒に笹で蓋をすると、籠にしまっている。籠には、竹籤《ひご》で作った虫籠が収められていた。姫に渡す時は、そちらに移すことになる。虫籠では道中揺れてしまうので、竹筒に入れているのだ。

「寝るか」

無坂が、山刀を抜いた。刃渡り八寸（約二十四センチ）。柄は袋状になっている。

凡そ三尺（約九十一センチ）の杖の先を削って作った目釘を打ち込む。長さ三尺八寸（約百十五センチ）の手槍が出来上がる。それを抱くようにして横になった。抜身《ぬきみ》のまま手にするのは無坂だけで、笹市と玄三は手槍にしても鞘《さや》に納めたままである。三人並んで寝るので、誤って怪我をしないように、との配慮からだった。草庵の入り口の火を点したまま、眠りに就いた。

無坂ら山の者の武器は、もうひとつあった。長鉈《ながなた》と呼ばれるもので、刃が一尺（約三十センチ）、柄を含めると一尺七寸（約五十二センチ）になるため、鉈ではなく長鉈という名が付いていた。刃は肉厚で、切っ先に向けて、ゆったりと逆〝く〟の字に曲がっており、山を行く時は山刀同様木製の鞘に納め、腰から下げている。今は手槍とともに腕の中にある。

夜中に通り雨があり、ふと無坂は目を覚ました。竈の火は既に落ちていた。火を熾そうか迷っているうちに雨が止み、雲が切れた。月明かりの中、街道を諏訪から甲斐の方へと走る三つの人影があった。手に杖はなく、腰に刀らしいものが見えた。山の者ではない。甲斐の間者なのだろうか。しかし、無坂ら山の者には関わりのないことだった。

消えた火はそのままにして、再び眠りに就いた。

その後もう一度、犬の脚音で目を覚ましたが、後はぐっすりと眠った。

夜の明ける前に起き出し、火を熾し、蕎麦雑炊を炊いた。早立ちの者の姿が街道にちらほらと見え始めた。大きな荷を担ぎ、前屈みになって歩いて行く。煮炊きの煙に気付いたらしい。こちらを見ると、足を速め、瞬く間に視界から消えた。

「盗りゃあしねえよ」笹市が呟くように言った。

玄三は黙って雑炊を食べている。里者が自分らをどう見ているか、笹市は何度か行った《山彦》で身に染みているのだろう。

「小見の方様は、どうして俺たちを受け入れてくださるのです？」玄三が思い付いたように言った。

「あの御方は、人のよいところをのみ見ようとしておられるのだ。里の者とか山の者とかという区別はないのだろうな」

「御館様は、どうなのです？」

「分からん。我々をどう見ているかなど、訊けるはずもなかろう」

そうですね。玄三は頭を掻くと、早く御館に参りましょう、と言った。

「小見の方様にお会いしたくてたまりません」

「お会いしたく、と言っても、出て来られぬかもしれないし、出て来られても、許しがなければ顔を上げることも叶わんのだぞ」

「そうなんですか」玄三が無坂に訊いた。

「これまでは、そのようなことはなかったが」

夜中に甲斐の方へと駆けてゆく人影を思い出した。

「何があるか分からんからな」

「はい……」

鍋を洗い、火を消し、草庵を片付け、甲州街道を諏訪へ向かった。

十八町（約二キロ）程行くと、館のある上原の地に着く。館は諏訪盆地を一望の下に見渡せる金毘羅山の中腹にあり、居城の上原城は山の頂にあった。

堀に架かる木橋を渡ると、門番が顎を咽喉許に引き寄せるようにして頷いた。三年前から春と秋に訪ねて来ているので、門番にも山の者・無坂の顔と名は知られていたのである。

門番に頭を下げ、矢倉門《やぐらもん》を潜った。矢倉門は、門の上に矢倉を設けた二階門と呼ばれる形の門を言う。無坂らは、門脇の詰所に回った。中井《なかい》弥左衛門が火のない囲炉裏の前に座り、古い楯に土を盛り、いじっていた。三年前は豊かな髭を蓄えていたが、城番方物頭《じょうばんかたものがしら》になった二年前から剃っていた。弥左衛門は無坂らに気付くと、よいところに来た、と言った。

「これが何だか分かるか」

「拝見いたします」

　楯の周りをぐるりと回って見た。土で象った山河が広がっていた。無坂の声が弾けた。

「諏訪の一目図《ひとめず》でございますね」

　広い土地を一目で見渡す図を、一目図と言った。絵筆を用いて一目図を作ることはあったが、これは違った。山河の起伏を、鳥の目から見たように作り上げている。初めて見るものだった。

「これが諏訪の湖、これが金毘羅山、でございますね……」

　上原城のあるところに小石が置かれており、そこから北へと霧ヶ峰の山々の尾根が続いていた。

「分かるか」

「実に実に、よき出来映えと存じます……」

「諏訪の湖の形だが、存じていたのか」

「何年前になりましょうか、海野平の海野一族の御方に、伊奈を下にした寺の釣鐘の形をしていると、山の案内をしている時に教えていただきました。諏訪大社の縁起に関わる書物に書かれているとか仰っておいででした」

「いや、驚いた。山の者とは物知りだの」

「聞いただけで、書物を見た訳ではございません」

「儂も教えてもらったのだから、同じだ」弥左衛門は歯を見せて笑うと真顔になって言った。「気になるところがあったら、遠慮なく直してくれ。いや、頼む」

「では。ここを」

杖突峠に土を盛り、形を整えた。

「昨日、ここから眺めておりましたので。もう少しよろしいでしょうか」

「遠慮するな」

無坂は目を杖突峠の高さに据えると、宮川へと下る道筋に手を加えた。次いで諏訪と小県を結ぶ大門峠への道筋に移り、息を継いだところで笹市と玄三を傍らに呼び、

「見せていただけ」

昨日見た風景と比べさせた。

「これは天龍でございますね」と玄三が、諏訪の湖から流れ出ている河川の流れを指した。

「駿河の方にまで流れているそうだな」

「左様でございます。海にまで続いております」

「見たことがあるのか。海に出るところを」

塩を求めに出向いた時に見た、と玄三が答えた。

「歩くと何日掛かる?」

「四日から五日でしょうか」

「そうか」と弥左衛門が言った。「儂は、諏訪の近くしか知らぬでな」

弥左衛門が、ふと寂しげな横顔を見せた。

「中井様」と無坂が言った。「よくぞ、このようなものを。驚き入るばかりでございます」

「絵図を見てもよく分からないのでな、作ってみたのだが、そんなによいか」

「これがあれば、大いに戦のお役に立とうかと思います」

「よし、まだまだやっておるでな、帰りに寄ってくれ」

弥左衛門は、組下の田尻新兵衛《たじりしんべえ》を呼ぶと、小見の方様に木暮衆が参ったとお伝えしてくれ、と命じた。新兵衛が中の口に走っている。やがて、奥に回るように、との小見の方からのお言葉が届いた。


長鉈と山刀を弥左衛門に預けた後、新兵衛に案内され、中の口の脇から奥向《おくむき》に向かった。作事小屋の前を通り、中奥の塀の横を通り、木戸門を抜けると、そこからが奥向となる。中央にある庭園に面したところが正室の居室で、そこから池の畔を西に回り込んだところが側室らの居室となっていた。

小見の方の居室は、大きな池と石の太鼓橋で結ばれた小さな池の手前にあった。

無坂らは、敷き詰められた玉砂利に手と膝を突き、小見の方が広縁に現れるのを待った。ここで、秋に渡した薬と新たに干して碾《ひ》いてきた薬を交換するのである。

衣擦れの音が、頭の上の辺りで止まった。

「そのような堅苦しい挨拶は無用じゃ。早う顔を上げなさい」

小見の方と隣にいる小夜姫が、にっこりとした笑みを見せている。その後ろ左右に四人の侍女と、薬草を収めた竹筒があった。

「会いたかったぞ。ミミズの無坂」小夜姫が言った。

「恐れ入り奉ります」

「また堅苦しくなりましたよ」小見の方が言った。

「持って来てくれたか」小夜姫だった。

「はい」

玄三を促した。玄三が籠から竹籤で編んだ虫籠を取り出し、無坂の手許に置いた。無坂はそれを広縁の端まで出て来た侍女に手渡した。

「どこにおるのだ？　分からぬぞ」

虫籠を覗き込みながら小夜姫が言った。

「枝を一本一本じっくりとご覧ください。必ず見付けられましょう」

小夜姫が言われるままに虫籠の中を見ている。

「もう十三にもなろうというに、幼くて困ったものじゃ」

小見の方が、竹節虫に夢中になっている小夜姫を愛おしそうに見た。小見の方は十三の年に諏訪家に嫁し、十四歳で小夜姫を生んでいる。無坂はそのことを、中井弥左衛門から聞いていた。

「薬草の交換をいたしたいと存じますが、何かお望みのものがございますでしょうか」

「姫の身体が強くなるようなものを頼みましょうか。この冬はよう風邪を引いておりましたので」

「ミミズはいらぬぞ」小夜姫が虫籠から目を移さずに言った。

「あれは熱を急いで下げる時にのみ使いますもので、他の時には使いません。ご安心ください」

「だが、悔しいことに美味しかった」小夜姫が、無坂を見て笑みを見せた。「あの味は忘れられぬ」

「手前ども山の者は皆、あの薬湯を飲んで熱に勝ちました。姫にも効くと信じておりましたが、ようございました」

「そなたも飲んだのか」小夜姫が、玄三に訊いた。

「はい。飲みましてございます」玄三が平伏した。

「そなたが、竹節虫を捕まえてくれたのか」

「いいえ。集落の子供たちに頼みました。草むらにいる虫を捕らえるには子供の背丈が一番合うのです」

小夜姫は少し悔しそうに唇を突き出すと、玄三に言った。

「童らに、礼を言うよう頼みます」

「はっ」

玄三とともに無坂と笹市も低頭してから、薬草の交換と調合に移った。

無坂らは玉砂利の上に油紙を広げ、秋に渡した竹筒の薬草を空けた。薬草は湿ってはいたが、黴《かび》の生えているものはなかった。竹筒は表皮の一部が刃物で削られ、そこに《咳》などと薬効が記されている。

《咳》の竹筒には、車前草《おおばこ》の種、桔梗《ききよう》の根、母子草《ははこぐさ》の葉と茎。

《風邪》の竹筒には、山帰来《さるとりいばら》の根、猪独活《ししうど》の根。

《腹痛》の竹筒には、蓬《よもぎ》の葉。

《胃病、下痢》の竹筒には、薊《あざみ》の根、風露草《げんのしようこ》の葉、石蕗《つわぶき》の根。

これらの薬草を干して、細かく碾いたものが竹筒に入っているのである。笹市と玄三が減った分を補充している間に、無坂が小見の方からの注文の薬草の調合を始めた。

無坂は、《滋養》の竹筒を手に取ると、甘野老《あまどころ》と碇草《いかりそう》の根茎を碾いたものを空け、そこに滑莧《すべりひゆ》の葉と茎、鳴子百合《なるこゆり》の根茎を干したものを加え、

「当分の間、これを煎じたものを寝る前に椀に一杯か七分目お飲みいただければ、随分とお丈夫になられるかと存じます」

小見の方が礼を言い終えるのを待ち、小夜姫が、どこで寝るのか、と訊いた。

「また館の外であろうか」

これまでそうして来たように、館近くの木立の中で露宿をするつもりだった。山の者と、神職をも司る諏訪家とでは、あまりに身分が違った。百姓家なら軒下三寸か納屋を借りることも出来ようが、軒下すら恐れ多いのが、諏訪家であった。

「前に話してくれた、草庵と申したか、それを建てているところを見たいのじゃ」

「姫様」

窘《なだ》めようとする侍女に抗い、小見の方に言った。

「館の庭に草庵を建てれば、見られると思うのですが、いけませぬか」

「困りましたね。建てるとなれば、御館様のお許しをいただかなければなりませんかられ」

「叶いませぬか」

「そうですね」小見の方は少し考えるような仕種をした後、お伺いを立ててみましょうか、と言った。「私も見たいですしね」

小夜姫の顔が真ん中から笑み割れた。

「どのような屋敷を建てるのじゃ？」

屋敷？　訊かれた無坂は思わず口籠もってしまった。伐った枝を組み合わせ、草を被せただけのものだとは想像もしていないのだろう。何と答えればよいのか。

小見の方が家人を呼び、小声で命じている。家人が無坂らに目をくれたことから、本当に伺いを立てようとしていることが知れた。

「屋敷どころか家と呼べるものでもございません。とてもお見せ出来るものでは……」

「おったぞ」

小夜姫が虫籠から顔を上げた。満面に得意げな笑みを浮かべている。

「お分かりになられましたか」

「すごいものじゃな。驚いた」

小見の方に見せ、侍女らにも見せている。

「華やかな彩りもなく、飛ぶこともせぬ。ただ、見付からぬよう、我が身を隠している。このような生き方もあるのじゃな……」

小夜姫は、再び虫籠を手にすると、凝っと覗き込んだ。

三

程なくして諏訪頼重からの返事がもたらされた。

頼重よりも正室である禰々御料人が是非にと望んだとのことで、一刻の後、禰々御料人の居室前の池の畔まで用意を整えて伺候するように、との命を受けた。

禰々御料人は武田晴信の妹に当たり、武田家との同盟のため二年前に十三歳で諏訪家に嫁ぎ、この四月の月初めに嫡男の寅王《とらおう》を生んだばかりであった。

まだ産後間もないからと、正室の居室近くに呼び寄せられたのだろうが、それ程までして見たがるものでもなかろうという思いが無坂らには強かった。しかし、そうは言えない。長鉈と山刀を使う許しを得、館の隅にある木立から草庵を建てる分だけの木と草を伐り出し、束ねた。

刻限になり無坂らは、家人らに案内され、奥へと向かった。

池の畔で控えていると、人の集まってくる音がし、頭を上げるように言われた。

「草庵なるもの、建ててみせい」

階《きざはし》近くにいる、齢《よわい》三十少し前くらいか、身形《みなり》のよい武家が言った。御館様だ。隣の御方が禰々様であるに違いない。後ろに老臣が控えていた。無坂は、もう一度深く礼をしてから、笹市と玄三に草庵を作り始めるように言った。笹市と玄三の手が細かく震えている。無理もない。山の者とは縁のない高みにいる諏訪総領家の当主と正室、それに小見の方と小夜姫が目の前で見ているのだ。無坂は、声が震えないように咽喉に力を込めた。

「草庵を建てる場所を決めましたら、先ず柱と梁《はり》を作ります」

笹市と玄三が木の枝を払い、先が二股になっているものを二本作り、間を空けて立てている。柱である。動きに澱《よど》みがない。いいぞ。その二本の柱に、無坂が枝を渡した。梁である。

「ここから、草庵の中に三角の間が出来るように、木を斜めに立て掛けます」

梁の左右に木を立て掛け、更に横木を渡して蔓《つる》で縛った。大凡《おおよそ》の草庵の形が出来上がった。

「雨や夜露を防ぐために渋紙を掛け、上から草を葺き、風で飛ばされないように、もう一度蔓で縛ります」

後は囲炉裏を切り、煮炊きと獣除けの火を焚けば出来上がりです。無坂は玉砂利に手をあて、ここには、と言った。草を敷き詰めます。雨が降りそうな時は、枝を沢山切り出して厚く敷き、床に雨水が流れても着ているものが濡れないようにします。

「寝る時は、火を絶やさぬようにして、寝茣蓙《ねござ》に寝ます」

「囲炉裏は、簡単に作れるのですか」小見の方が言った。

「一晩か二晩の時は穴を掘るだけですので、造作もございません。これが、一月《ひとつき》とか二月《ふたつき》用となると、雨水が溜まることを考え、盛り土をしたりしなければなりませんが」

「一晩用のでよい。切ってはくれぬか」小夜姫が言った。

「承知いたしました」

無坂に応え、玄三が長鉈の峰で玉砂利を掻き、土を掘り始めた。

「近くで見るお許しをいただけませんでしょうか」

小夜姫が頼重に向き直り、板床に指を突いた。

「構わぬ。皆で見るか」

「嬉しゅうございます」

小夜姫に続いて頼重と小見の方が階から庭へと下り、草庵の前に並んだ。中が見え易いようにと、後ろに下がった無坂を禰々御料人が、目立たぬようそっと手招きをした。

「申し訳ございません。見えづろうございますか」

「そうではない」

禰々御料人は小さな声で言うと、手短に答えるようにと言った。

「七ツ家《ななつや》を、存じていますか」

思いもしない名であった。人里から遠く離れた深山に住み、何年か狩りを続けた後、山を渡って行く。しかし、どこに移ろうと、山の稜線の南側に七軒の家を構えるところから、七ツ家、もしくは南稜《なんりよう》七ツ家と呼ばれている山の者らであった。七ツ家には、《落としの七ツ》という呼び名もあった。人質や囚われ人を敵城から落とすことに長けていたからである。

「はい……」

「信のおける者ですか」

「一度結んだ約定は、命に代えてもまっとうする、と聞いたことがございます」

「どこにいるか、存じていますか」

「いいえ、渡りの衆でございますので」

「分かりました。他言は無用と心得ておいてください」

どうして七ツ家の名を知っているのか。また七ツ家に何の用があるのか。尋ねたかったが、近くに総領家の当主がいるところではあまりに憚られた。

禰々は七ツ家の名を、兄であり、晴信の弟の信繁から、何かの時の備えとして聞いていた。ここで無坂に尋ねたのは、虫の知らせというものなのか、まさかこの二か月後、七ツ家に嫡男の寅王を駿府まで逃がしてくれるよう頼もうとは、禰々にしても思ってもいないことだった。その七ツ家と寅王の顚末を無坂が知るのは、まだまだ先のことで、今ここに記す余裕はない。

「いかがいたした？」顔色の青い禰々に気付いた頼重が尋ねた。

「はい……」

禰々が口籠もり、目を伏せている。老臣が膝行《しっこう》して来た。無坂は咄嗟《とっさ》に、

「草庵では熊に襲われることがある、と申し上げたところ、お驚きになられましたのでございます。申し訳ございません」膝を突き、頭を下げた。

「実《まこと》か。熊が襲うて来るのか」

頼重の目が輝いている。思わぬ反応だった。

無坂は、近くを通り過ぎただけのこともあれば、草庵を壊したり、二度程ですが、襲われたこともございました、と言った。

「無論、逃げるのであろうな？」

「逃げ場があれば逃げますが、どうしようもない時は戦います」

「勝てるのか、熊に？」

集落から一歩出れば、山の中である。熊もいれば、山犬も毒虫もいる。それらに対

処する技は、小さな時から叩き込まれていた。

「見たい」と小夜姫が言った。「どのように戦うのじゃ」

「姫様」老臣が小声で諌《いさ》めた。

「見たいのじゃ。見せてはくれぬか」小夜姫が老臣から無坂に目を移した。

無坂は頼重の応えを待った。

「内記《ないき》」と頼重が老臣に言った。「其の方も見るがよい。何かの役に立とう程にな」

「はっ」内記が応えた。

「よいぞ」頼重が言った。

「姫様のお望みとあれば、早速始めさせていただきますが」

その前に、と言って籠の脇に置いていた杖と山刀を手に取った。

「熊と戦うには山刀では短過ぎます。そこで」

袋状になった山刀の柄に杖の先を差し込み、襟に刺していた竹で作った目釘を打った。瞬く間に手槍になった。頼重が、おっ、と歓声を上げ、禰々らが目を見張った。

「これで、熊を倒します。遣り方ですが」

無坂は玄三に熊となって笹市を襲うように言い、手槍を笹市に渡した。

玄三が吠えながら笹市に近付いた。笹市が素早く熊の後ろに回り込んだ。

「突進して来る熊には対処の方法はございません。身をかわし、ひたすら逃げ回ります。熊と対決するのは、熊の間合に飛び込めた時です」

振り向いた玄三の前に、笹市が踏み込んだ。

「熊の前脚は短いので、一間（約一・八メートル）も離れたのでは前脚が届かぬゆえ、飛び掛かられてしまいます。一間を切り、五尺程の間合に入ると、熊は立ち上がって二本脚になり、前脚を振り上げます。鋭い爪で攻撃するためです」

玄三が笹市の頭を狙って、右の前脚を振り下ろした。前脚が空を切った。

「この時、熊は右の前脚しか使いません。左の前脚は戦いには使いません」

「必ずか」頼重が訊いた。

「はい。手前の父の頃も、祖父の頃も、その前もずっとそうでした」

「どうしてなのじゃ？」小夜姫が訊いた。

「そういう生き物であるとしか、分かりません」

続けるように頼重が言った。

「二本脚で立っていた上、力任せに前脚を振り下ろした熊は、体勢を崩し、身体が前に倒れます。その瞬間を狙い、手槍を突っ支《か》い棒《ぼう》のように立て掛けてやると、熊は自身の重さで身体を刺し貫いてしまうのです」

手槍に刺された風を装い、玄三が倒れてみせた。

「そのように上手くゆくのか」頼重だった。

「そうして難を逃れて参りました」

「倒したことは、あるのか」

「一度だけでございますが」

「そなたはどうなのじゃ？」小夜姫が玄三に訊いた。

「俺、いえ、手前はまだ……」玄三が伏し目になって答えた。

「玄三と申したな」小夜姫が言った。「そなたは、逃げるがよい。戦うのは、無坂に任せるのだぞ」

「姫様、それでは手前があまりに可哀相ではございませんか」

「よいのじゃ。ミミズの仕返しじゃ」

「また、それを。執念深いこと」小見の方が呆れたように言った。

「これが礼の言葉だと、無坂には分かっておるのじゃ。の、無坂」

「姫様には敵いませぬな。では、玄三が襲われたら、手前が立ち向かうことにいたします」

「それでこそ、ミミズの無坂じゃ」

日が傾き、風が出たのか、草庵の屋根に乗せた草がそよいだ。

小夜姫や禰々の身体に障ってはならない。草庵を片付けることになった。

「大儀であったな。久し振りに面白い話も聞いた。礼を言うぞ」

頼重と禰々が奥へと去った。従い行く内記が、禰々の足の運びを気遣っているのが、よく見て取れた。

「禰々様の身が案じられてならぬのですね」と小見の方が言った。「久保坂《くぼさか》殿は、禰々様がお生まれになられた時から側近くに仕えて来ているのですからね」

「内記には、弟がいるのじゃ。久保坂又右衛門《またえもん》と言うてな。ふたりとも、禰々様の御身を守ることだけに生きておる」

「姫、口が過ぎますよ」

「本当《ほん》に楽しい一時であった。わらわも礼を言う」

低頭した無坂らが顔を上げると、奥に歩み掛けていた小夜姫が足を止め、さらばじゃ、と言った。

「わらわは間もなくすると、甲斐に行かねばならぬ……」

甲斐とは、武田家ということである。とすると、人質以外にはない。

「姫様」

無坂を制して小夜姫が言った。

「躑躅ケ崎館《つつじがさきやかた》は、そなたらを入れてはくれまい。もうそなたらには会えぬかもしれぬ。短い間であったが、そなたらのこと、忘れぬぞ。礼を申す」

「勿体のうございます」無坂は目を潤ませた。

「御館様と武田の御当主は、義理の兄弟。それに諏訪と甲斐はほんの近く。薬草を届けることくらいは、これからも出来ましょう」

小見の方は小夜姫に言うと、振り向いて家人に問うた。

「用意は調うておるな？」

家人の返事を聞き、草庵の片付けを終えたら夕餉を摂っていくように、と言った。

ふたりの姿が廊下から消えると、家人が作業を促した。

草庵の始末を終えた無坂らは、薬草の礼にと蠟燭《ろうそく》を土産にもらい、厨の隣の小部屋で夕餉を頂戴した。夕餉は白い飯に焼いた魚と菜の煮物だった。

門脇の詰所に立ち寄り、中井弥左衛門の一目図を見、更に幾つかの直しの箇所を伝え、小夜姫が甲斐に行くと聞いたことを話した。

「お寂しいことだが、最早これ以上はな」

禰々御料人が頼重に嫁いだ時に、交換として武田家に渡るはずだったのを、風邪だ、熱だ、と一年余延ばしていたのだ、と弥左衛門が、首を横に振った。

「儂の口から言うことではないが、武田晴信という男、父親を領外に追放するなど、儂は好かぬのだ。姫の身が案じられてならぬわ」

弥左衛門と別れ、館の外に出た。雨の気配はない。館近くの藪を露宿の場所と決め、梁に渋紙を掛けただけの草庵を建てた。

小夜姫のことが気になりはしたが、山の者が案じてもどうなるというものでもない。それよりも早く集落に戻り、《足助働き》に連れて行く者を選び、備えをさせなければならなかった。それが《山彦》としての無坂の役目だった。

# 第二章　《足《あ》助《すけ》働き》

# 一

男たちは獲物を待っていた。

ふたりは鹿の通り道脇にある栗の古木の上に、ひとりはそこから十間（約十八メートル）程離れた藪に身を潜め、ひたすら鹿が来るのを待ち続けていた。それぞれが持ち場に付いて二刻（四時間）になる。

鹿の脚跡を見付けたのは、古木の上にいる志戸呂《しとろ》だった。

でかいぞ。

駆り出されたのは、倉松《くらまつ》に馬走《まばせ》。志戸呂が率いる三の組の者である。

倉松は樹上に細身の丸太を渡し、据木《すえぎ》と呼ばれる足場を作ると志戸呂とともに上り、馬走は藪に腹這いになった。それからは身動《みじろ》ぎも許されない刻が経っていた。

今日はもう通らないだろう。

馬走が、樹上のふたりに合図を送ろうとした時、藪の奥の方から草を軽快に踏む脚音が聞こえてきた。跳ねるような脚音は鹿のものだった。

志戸呂が手槍を構えた。刃の長さは八寸。これを樹上から投げ下ろし、鹿を田楽刺しにするのである。

鹿の歩みが遅くなった。人のいる気配に気付いたのかもしれない。鹿が歩みを止めた。脚が前に出るのを躊躇《ためら》っている。

じりとした時が流れた。

鹿の脚がおずおずと動き、地を蹴った。身体が弾んだ。栗の木の下に差し掛かった。

ひゅうー。

と窄《すぼ》めた唇から細い息を吹き出しながら、馬走が藪の中で立ち上がった。

驚いた鹿が脚を止め、向きを変えようとした。

その瞬間を狙って志戸呂が手槍を投じた。手槍は首筋から胸に抜け、鹿は短い鳴き声を上げて倒れた。脚が宙を蹴るように、もがいている。

即座に据木から飛び降りた倉松が二股になっている杖で首筋を押さえ、駆け付けた馬走が腰部を押さえた。身動きが取れない。

志戸呂が手槍を抜き取り、改めて心《しん》の臓《ぞう》に止めを刺した。

皆が喜びますね。

馬走が据木を下ろしている間に、志戸呂が首筋を斬り、血抜きをした。両の脚を縛り、倉松と馬走が据木に通して担ぎ、木暮衆の集落に戻った。

志戸呂は、十日程後に足助まで働きに出る無坂らのために、鹿狩りに出ていた。出立の宴を華やかなものにし、道中で食べるよう燻《いぶ》した鹿肉を持たせたかったからだった。

南の見張り小屋のふたりが歓声を上げて鹿肉を見送った。見張り小屋は北と南の二か所にあった。どちらの小屋を通っても、秋葉街道に出た。

集落に入ると、子供らが小躍りしながら集まって来た。集落は皆で作業をするための大納屋を真ん中に、ぐるりと小屋が並んでいる。小屋は家族で住むためのものであり、東西南北に設けられた大きな小屋は、冬をやり過ごすために数家族がまとまって住むための小屋で、大部屋と呼ばれている。大納屋の隅には、宴が出来るように竈を並べた飯場《めしば》も設けられていた。

「捌《さば》くぞ。皆に知らせろ」

子供らが、小屋を駆け回っている。

志戸呂は、川沿いの大きくて平らな石に鹿を置かせると、桶を引き寄せ、腹を裂いた。腸がずるりと桶に落ちた。この平らな石は、獣や魚を捌く時に使うことから、捌き石と呼んでいた。

「美味そうだね」

志戸呂の女房のウネが、小さな山刀を手にして言った。志戸呂が桶をウネに渡した。ウネは桶に川の水を注ぎ入れると、腸をざぶざぶと洗い、真っ赤な水を捨て、それを数回繰り返してから、胃の腑を手に取り、切り裂いた。緑の毬藻《まりも》のようなものが川面に浮かび、解けて流れた。鹿が生きている時に食べた草だった。

「大鍋が要るよ」

ウネが若い嫁らに声を掛けた。腸と青菜などを味噌で煮込んだもので、集落の者の好物であった。

志戸呂は倉松と馬走に手伝わせ、鹿の前脚を川の中に打ち込んである杭に縛り付け、流れに晒《さら》している。血抜きと肉を冷やして締めるためである。二日流れに晒し、二日吊るし、それから皮を剝ぎ、切り分けることになる。肉を燻すのはその先のことだ。

志戸呂が、長の小屋から現れた無坂を手招きした。

「たっぷり食ってくれ。お前のために狩って来たんだ」

志戸呂と無坂は同い年の三十八歳。木暮衆の子供はすべての大人の子供であり、兄弟のように育てられたが、志戸呂と無坂は取り分け気が合った。

「済まんな」

「貸しだ」

「借りておいてやる」

道の覚えがよいと見込まれた無坂は、十五の時から何度も《山彦働き》に連れ出され、伊奈のみならず信濃、三河、駿河の山谷を駆け回った。ために、抜け道にまで精通するに至り、二十歳を数えた頃には、木暮衆が受けた《山彦働き》の大半を担うようになっていた。

集落を発って半刻、秋葉街道に出たところで無坂は足の速度を緩め、振り返った。五平次《ごへいじ》と勘左《かんざ》が、息を乱さずに付いて来ている。五平次と勘左は、二十三歳と十七歳。五平次は二度目、勘左は初めての《足助働き》となる。

《足助働き》とは、足助の塩問屋《わた屋》の荷の護送をすることだった。三州の塩を牛の背に乗せて運び、綿や紙、薬草、毛皮などと交換し、持ち帰る。牛方と荷を守り、無事に足助に戻すまでの、雨で二、三日遅れたとしても中十二、三日の仕事であった。

これを一回の仕事で一度か二度こなすのだが、今回は一度だった。通常は、塩問屋が護送役にと常雇いしている者が付いて行くのだが、木暮衆の場合は《わた屋》の方針で、常雇いの者が出払ってしまっている時に限り、臨時の者として仕事が回って来ることになっていた。

五年前から請け負っており、無坂は三度役に就いていた。盗賊さえ出なければ、楽な仕事であった。一度盗賊が出たことがあったが、百姓崩れの賊で、追い払うのに造作はなかった。他の二度の仕事の時には何事もなかったところから、集落では牛方のお守《も》りと言う者さえあった。

にも拘わらず、労賃がよかった。足助鍛冶《かじ》が鍛えた山刀一振りと、鉄鍋と塩がもらえた。山刀は今年《入山《いりやま》》を迎える十五歳の若者に授ける品であった。《入山》は元服のことで、その歳になると一人前の者と認め、狩りや採集のための山入《やまいり》の員数に数えるところから、元服のことを、山入を引っ繰り返した《入山》と言うようになっていた。また、女の場合も《入山》と言い、十三歳の時に行い、腰巻きが送られた。今年は女に《入山》の年回りの者がおらず、男にひとり五平次の弟がいるだけだった。兄が弟の《入山》の記念の品を稼ぎに行く、という訳である。

——雨さえ降らなければ、御の字だな。

足助までは天龍川の川止めに遭わなければ、三日の道程だった。

天候が崩れぬうちに、天龍川を渡らなければならない。先を急いだ。

秋葉街道で南に折れ、鹿塩川伝いに下る。新芽を吹いた木々の葉が、枝が、後ろに流れてゆく。切り株を踏み抜かぬようにと、蒲の穂から採った綿を仕込んだ草鞋が足裏に心地よかった。足首まである刺し子の足袋《たび》も、足の運びを楽にしてくれている。

上り坂で歩きに変えて息を整え、一刻程で天龍川への折れ口である落合に着く。雲の流れに目を遣り、天候を読み、休みの長さを決める。

背負子を下ろし、水を飲む。

「行くぞ」

立ち上がると、腰の山刀と長鉈が鞘に納まっているかを見、背負子を担ぐ。

五平次と勘左は既に走り出すばかりに身構えている。無坂は頷くと、地を蹴った。

ふたつの足音が続いた。

四度の休みを挟み、昼過ぎに寺沢を抜け、天龍川のほとりに出た。

定まった渡し舟はなく、川漁師に銭を握らせて舟を雇うか、何刻に舟を出すという船頭に約《やく》束を取り付け、刻限を待つしかない。

一刻後に舟を出す船頭がいた。乗せてくれるよう頼み、刻限を待つことにした。

「昼《ひる》餉にするか」

火を焚き、冷めた蕎麦餅を焼いて食べ、交替で横になった。起こされた時には、舟の出る刻限近くになっていた。

天龍川を渡り、川沿いに走る伊奈街道を小半刻程下る。飯田に出た。村の外れを露宿の場所に決めた。

雨の気配はないので、川の近くでもよかったが、人の通りがある。人の来ない藪の近くに草を敷き、伐り出した枝を組んで支柱を作り、渋紙で屋根を覆って簡便な草庵を編んだ。無坂が草庵を作っている間に、五平次と勘左に水を汲ませ、野草を採りに行かせた。

石を置いて竈を作り、火を熾す。鍋を置き、蕎麦の実と燻した鹿肉を細かく刻んで入れる。湯が沸き、蕎麦の実と鹿肉が躍り始める。そこに摘み採ってきた野草を千切って入れ、味噌を落す。

蕎麦雑炊を食べ、眠りに就いた。明日は距離を稼がねばならない。


夜の明ける前に起き出し、雑炊を炊き、昼餉用の蕎麦餅を焼く。手早くやっているのだが、半刻程が過ぎている。その間に、早立ちの者の姿が街道に見えた。

伊奈街道――。

信州と三河を結ぶ街道で、別名三州街道とも飯田街道とも、善光寺街道とも呼ばれる要路であった。

無坂らは草庵を片付けると、街道を駒場《こまんば》に向かった。

駒場までは二里半（約十キロメートル）。造作もない距離だったが、街道に人影が見えた。旅の者を、何事かと驚かせてはならない。走らずに、急ぎ足を執り、一刻足らずで駒場に着いた。

少し休み、根羽《ねば》に向かう。根羽までは六里半（約二十六キロメートル）。途中幾つかの峠を越えなければならないが、難所と呼べる程のものではない。一里を小半刻掛けても、まだまだ日のあるうちに根羽には着ける。

足の拵えを確かめ、一列になって駒場を後にした。

大沢川沿いに進んだが、嵐による倒木や出水によって街道が荒れており、思わぬ刻を費やしてしまった。寒原峠《さむはらとうげ》を越え、浪合《なみあい》の集落を通ったのは、出立してから一刻以上経っていた。蕎麦餅で腹を塞ぎ、谷間の道を進み、治部坂峠《じぶざかとうげ》を越えた。

「叔父貴」五平次に呼ばれ、無坂が足を止めた。

見ると、勘左が腹に手を当てている。

「どうした？」

「すみません。腹に来たようです」

量は食べていない。こなれが悪いだけだろう。

「出してしまえ」

無坂と五平次が、街道を見回した。人影は途切れている。

勘左は長鉈を使って素早く道端の土を掘ると、葉を数葉毟《むし》り取り、刺し子をたくし上げ、股引を下ろし、下帯を緩めた。

藪に入ると、どのような虫や蛇がいるか分からない。道が一番安全だった。

便は水音を立てている。腹を暖めた方がよい。

無坂と五平次は木の葉を集め、火を熾すと、小石を拾い、中にくべた。用を足し終えた勘左が掘った穴を埋めている。

「もう大丈夫です」

頭を下げる勘左を制して、焼けた小石を火の中から取り出し、布に包んで下腹に巻かせた。

まだ《足助働き》は始まってもいないのだ。今のうちに治ってもらわなければならない。歩く速度を緩めて回復を待ち、平谷《ひらや》を過ぎ、根羽に向かった。

根羽は西に行けば岡崎、南に行けば鳳来寺《ほうらいじ》・新城、無坂らの来た伊奈街道を北に向かえば善光寺に出る。根羽が物資と参拝の人で賑わうのは、江戸から明治に掛けてで、無坂らが行き来した当時は人が溢れる程ではなかったが、商いの者や荷を運ぶ馬方や牛方の宿があり、活気に満ちていた。

牛馬の糞を避けながら宿場の中通りを進んだ。

牛宿と馬宿が並んでいる。薪《たきぎ》が山と積まれ、その奥の暗がりから馬の嘶《いなな》きが聞こえてきた。牛は口を動かすのに忙しいのだろう。

数間先に茶屋があった。あめ湯と染め抜かれた旗が垂れている。

あめ湯を飲むくらいの銭は持っていたが、無駄に銭と刻を使うことはない。露宿の用意を済ませ、早く寝た方がよい。

通り過ぎようとした無坂を、茶屋の中から呼ぶ者がいた。

「無坂の叔父貴ではありませんか」

堂林《どうばやし》衆《しゅう》の万作《まんさく》だった。手に湯飲みを持ったまま立ち上がっている。万作の両脇の男も立ち上がり、頭を下げた。山の者は、他の集落の者でも年上の男は叔父貴、女は叔母と呼んだ。それに対して年下の者を、敬愛を込めて呼ぶ時は、男は背子《せこ》、女は女子《めこ》と言った。

堂林衆とは、深い繋がりを持っていた。集落の娘をひとり嫁がせ、ふたりを嫁にもらっている。堂林衆の集落は、根羽の東、天龍川の西にある天ヶ森《あまがもり》の麓にあった。天龍川を遡り、支流の遠山川に分け入れば秋葉街道に出るところだ。ふたつの集落は秋葉街道で繋がっていた。

山城に兵糧を運んだり、兵士の亡骸を収容するなど《戦働き》でかち合うことも多々あったが、《足助働き》でも一緒になったことがあった。しかし、三年前、堂林の若い衆が護送中に禁じられていた酒を飲み、喧嘩騒ぎを起こしてからは足助から遠退いていたはずだった。

声を掛けられた以上、素通りは出来ない。無坂らも休むことにし、あめ湯をもらった。勘左の腹にもいいだろう。

集落でも、大麦を発芽させ、干して細かく碾いたものを炊いたもち米と合わせ、むぎ飴を作り、あめ湯にして飲んでいたが、祝い事など特別な日だけの飲み物だった。そのあめ湯を、茶屋では求めればいつでも飲めるのである。勘左にとっては、驚きだったのだろう。茶屋の中を見回している勘左を五平次に任せ、無坂は万作に根羽にいる訳を尋ねた。足助に行く途中だった。根羽には泊まらず、夜道を駆けるらしい。

「突然久津輪衆《くつわしゆう》が、やらん、と言い出したので、お鉢が回って来たのです」

そういうことか。堂林衆の後を久津輪衆が受け継いでいたことは聞いていたが、今度は逆になったのか。

「久津輪衆が断った訳ですが、ご存じですか……」万作が声を潜めた。

知らなかった。話すように、万作を促した。

「どうやら里に下りるらしいんです」

「山を捨てるってことか」

万作が頷いて見せた。

「誰から聞いた？」

「居付《いつ》きの与助《よすけ》です」

病を得たり、足を怪我するなどして渡りに耐えられなくなった者の中には、長の許しを得て集落を出、里に居付いて暮らす者がいた。これを《居付き》、あるいは集落によっては《五木》と言った。

居付きは、《山彦働き》の他、箕《みの》や木灰作りなどの注文を里から受けたり、豪族からの《戦働き》の要請の取り次ぎや、戦の噂を集めたりするため、ひとつの集落にひとりか一家族、置かれることが多かった。務めの代価として、集落は、里での暮らしが成り立つよう、物資などの援助をした。

堂林衆の与助は《戦働き》で足を怪我したことで、里に下りた者だった。飯田の近くにある与助の家に一度泊めてもらったことがあった。

その与助が、久津輪衆の居付き・多兵衛《たへえ》から聞いた話だった。多兵衛の言ならば、信は置けた。

しかし、久津輪衆の長である萱野《かやの》は、山の者が里で暮らすことがいかに大変かを知っているはずだった。ひとりやふたりならば、里の外れに住まわせてもらうことがどうにか許されたが、集落丸ごと移るとなると、受け入れようとはしないだろう。里者は山の者を一段低く見ているからである。

「貴重な話を聞かせてもらった。礼を言う」

「いいや。俺らのところには縁続きの者はいませんが、確か叔父貴のところには……」

無坂の妹の美鈴《みすず》が、十七の春に萱野の息子に嫁いでいた。十八年前になる。

「足助を終えたら訪ねてみよう」

無坂は話を終える前に、堂林衆の雇い主が《炭屋》なのか、訊いた。《炭屋》は、堂林衆が酒でしくじった塩問屋である。そうです。万作が答えた。《わた屋》は、一度でもしくじりは許さない、と聞いていた。《炭屋》は許したことになる。《炭屋》の箍《たが》はそうやって緩んでゆくのだろう。

万作らと別れ、宿の外れに草庵を編んだ。

「叔父貴……」

五平次と勘左が手を止めた。美鈴の身を案じたのだろう。

「今ここで気を揉《も》んでもどうにもならん。暫し、忘れていろ」無坂は、わざとらしく快活に言った。「噂だけかもしれんしな」

五平次が勘左に、手を動かせ、と目で合図をした。

「俺たちは夜駆《よが》けしなくてもよいのですか」勘左が、思い直したように、伐り出した枝で支柱を立てながら訊いた。

「日取りに余裕がある時は、無理をしないことだ」

「速いんだぞ、叔父貴は」と五平次が、身軽に動きながら言った。「昼駆けと同じ速さで駆ける」

「昔のことだ」無坂は竈を作り、火を熾しながら言った。「もう若くない」

蕎麦雑炊を流し込み、虫と獣除けの火を焚き、寝莫蓙に横になった。

宿場の方で、怒鳴り合う声がしている。酒に酔った馬方か、牛方が喧嘩を始めたのだろう。戸や板壁に身体が激しく打ち付けられる音が、立て続けに起こった。五平次と勘左を見た。

それでいいのだ。ふたりとも寝息を立てている。我らとは関わり合いのないことだ。

無坂も眠ることにした。

二

馬の嘶きで目が覚めた。夜は、まだ明けていない。暗い。寅ノ刻（午前四時）頃か。馬方が、早立ちの用意を始めたのだろう。

そっと身体を起こそうとすると、五平次と勘左が跳ねるようにして起き上がった。

「おう、威勢がいいな」

「今日は足助ですからね」五平次が言った。

「楽しみか」

「見たこともない綺麗な女子《めこ》がいるという話ですが」勘左の歯が暗がりの中でも窺《うかが》え

た。

「笹市だな。そんなことを言う奴は」

前回の時に供をさせていた笹市から、塩問屋の主や番頭など富裕の衆を相手にする茶屋の女のことを聞いたのだろう。道端に座って番頭からの指図を待っていた時に、男衆に前と後ろを見張られながら、座敷に向かう女の姿を見掛けたことがあった。笹市は、惚けたような顔をして女を見上げていた。

「俺たちとは縁のない女だ」

「分かっています」

「見たいだけだよな」五平次が取り成すように言った。

「綺麗な着物を着せられているが、俺たちと同じように、稗と粟と蕎麦を食って育ったもんだろうよ。今が幸せであればいいがな」

「きっと幸せですよ」

「そうであってほしいな」

起きるか、と無坂がふたりに言った。今日は、足助まで走らねばならんからな。

足助は、難所と言われる杣路峠《そまじとうげ》を始め、石亀峠など幾つかの峠を越した先にあった。

「ただ走るだけではないぞ。ここからは、牛方を連れて通る道だ。盗賊が潜みそうなところを探るのはもちろん、どこにどのような木や草が生えているか、覚えておくのだぞ」

荷を守ることで報酬を得るのだから、盗賊に気を配るのは当然のことだが、木や草の群生を覚えるのは、人が食べられる草や薬になる草と、牛に害になる草や木の在処《ありか》を知っておくためである。例えば馬酔木《あしび》の葉を牛や馬が食べると酔ったようになり、ひどい時は死ぬこともある。しかし、馬酔木の葉を煎じた汁は疥癬《かいせん》によく効く。場所を覚えておき、牛を近付けないようにし、必要ならば採る。簡単なことだ。難しいことではない。

蕎麦の実と鹿肉の雑炊を食べ、残り火で蕎麦餅を焼き、馬方らよりも早く出立した。馬糞や牛糞を踏みながらの速駆けは御免だった。

万場瀬《まんばせ》に出た。美濃への道と足助への道が出合うところである。道標があり、道祖神が祀られている。花を手向けて拝み、山に入った。伊奈街道は山を縫うように続いている。

杣路峠の上りに入った。鬱蒼《うっそう》と繁った木々が狭い峠道を覆っている。隠れる場所には事欠かない。盗賊のためにあるような道だった。

前に百姓崩れの者どもに襲われたのも、この辺りだった。無坂は足を緩め、勘左に言った。五平次には話したことがある。橅《ぶな》の林を見回している勘左に、五平次が賊の頭数と得物を教えている。間違いはない。しっかりと覚えていた。聞いたことは頭に叩き込む。大切なことだった。

峠にある尹良社《ゆきよし》に着いた。橅の根方の湧き水を飲みながら休みを取り、ぐるりを見て回り、峠を下りた。

山桜の太い幹の下を潜る。曲がりくねった坂道が続く。野入《のいり》に出た。根羽から約一里の道を半刻余で越えたことになる。五平次の足は知っていたが、勘左の足も申し分なかった。城ヶ山《じようがさん》の麓を回り、夏焼《なつやけ》を過ぎる。程なくして武節《ぶせつ》の宿に入った。

武節は無坂らが峠を越えて来た伊奈街道の他に、北へは美濃街道、南へは秋葉神社に通じる名倉通《なぐらどおり》へと道が延びており、塩問屋や牛宿馬宿が軒を並べる繁華な宿だった。

五平次が勘左に、前と同じならあそこに泊まるのだ、と一軒の牛宿を指さした。広い牛舎が奥へと数棟並んでいた。

「前の時は、蚤《のみ》と壁蝨《だに》がすごくてな。俺たちは荷が心配だからと嘘吐いて、蔵の前で寝た」

勘左が、本当かと言いたいのか、無坂を見た。無坂は頷いて見せた。

御所貝津《ごしよがいつ》を走り抜け、水別峠《みずわかれ》に掛かった。信濃の山が、遠く青く霞んで見える。視界が開けてゆくのが気持ちよかった。

峠の頂上にある水神様に花を供えて手を合わせ、駆け下り、もうひとつ峠を越し、連谷《れんだに》の集落に入った。牛を伴っての道中では、最初の宿泊地が連谷であった。無坂は三度世話になっている。このままの走りで行けば、足助には夕刻前に余裕で着けるはずだった。

日も随分と高くなってきている。休むか。集落の中を流れる段戸《だんど》川《がわ》のほとりに杉の古木があった。木陰で昼餉を摂ることにした。

石に腰を下ろし、籠から竹皮に包んだ蕎麦餅を取り出しているのを、集落の子供らが見ている。勘左が笑顔を見せた。子供のひとりが、隣の子供に耳打ちをして、茅葺きの家のある方に駆け出した。

暫《しばら》くすると、子供の後から三人の男衆が鍬《くわ》や鋤《すき》を手に駆け付けて来た。牛宿とは関係のない者たちなのだろう。見覚えのない顔触れだった。

男衆らは無坂らを見詰めると、

「何をしてるだ？」とひとりが鍬で無坂を指した。立ち上がろうとした勘左を五平次が止めた。

「怪しい者ではありません。昼餉を摂らせていただいております」無坂が手にしていた蕎麦餅を見せた。

「それだけか」

「はい。食べ終えたら、発ちます。長居はいたしません」

「足助か」

「塩問屋の《わた屋》の旦那から、荷方のお手伝いを仰せつかりましたので」

男どもが顔を見合わせて頷いた。

「なら、いい」

「何かあったのですか」

「留守の家に上がり込み、鍋釜に桶、根こそぎ盗んでいったのがいるだ。おめえらの仲間に、そんなのがいねえか」

五平次の手を振り解こうとしている勘左を制すと、無坂は何食わぬ顔をして言った。

「さあ、聞いておりませんが」

「そっか」

男どもが引き上げていった。

「あれが里の者だ。一々怒っていたのでは、里では働けないぞ」

「いつも、ああなのですか」

「怪我をした。薬草がほしい。てめえらにほしい物がある時は、穏やかな物言いをするが、ない時はあんなもんだ」五平次が言った。

「百姓衆には領主様がいるが、我らにはおらん。それを妬んでか、野山を勝手に駆ける猿と同じだと見下すことで、何とか心を抑えているのだろうよ」

無坂は残りの蕎麦餅を口に放り込むと、手を洗いながら、早く食べるようにふたりに言った。

集落の外れまで子供らが跡を尾けて来た。

「少し驚かしてやるか。走るぞ」

無坂らは石亀峠の上り坂を駆け上り始めた。子供らは途中まで付いて来たが、道に座り込むと、口を開けて荒い息を吐きながら見送っている。

子供らの姿が小石のように小さくなり、やがて草や木に隠れて見えなくなった。

峠を下っていると、鈴の音が聞こえてきた。馬子の声もしている。武節に向かう荷馬が坂を上って来るらしい。

馬方の被っている菅笠が木の間越しに見えた。

無坂は道の端に寄るように五平次と勘左に言い、先頭の馬方に声を掛けた。

「《わた屋》の旦那に呼ばれてゆく者です。ご苦労様です」

一瞬立ち止まろうとした馬方の相好が崩れた。

「そうかい」

「この先、見た限りには怪しい人影はありませんでした」

「ありがとさんで」

馬方が頭を下げた。虻《あぶ》除けの首懸けと荷主の家紋を染め抜いた腹懸けを付けた馬が道幅一杯に通り過ぎて行く。

ひとりの馬方が引き連れる馬の数は大体四頭。先頭には道に慣れた馬を立て、次いで大切な荷を乗せた馬を二頭。最後尾の馬には鈴を付け、間違いなく後から来ているか、振り返らずとも耳で知ることが出来るよう配置してある。擦れ違った馬方は三人、馬は十二頭。

「武節までですか」最後尾の馬方に訊いた。

「ああ」黄色い乱杭歯を盛大に覗かせた。

荷を運ぶには、馬か牛が使われた。道程が長く、急坂があり、露宿をするかも知れない時は牛、近間で馬宿などがあり、寝泊まりする場所の心配がない時は馬、と使い分けられることが多かった。重い荷を担ぎ急坂を上るには、蹄《ひづめ》が割れている牛の方が踏ん張りが利き、また牛ならば飼い葉を用意しなくとも、道端の草をはみながら歩き、どこでも横になり寝ることが出来た。ために、大量の荷を担ぎ、幾つもの峠を越えて、何日も掛けて街道をぐるりと回るとなると、牛が使われたのである。

長くなればそれだけ危険度が増し、護送役が必要になる。最初は足助近くの山の者に頼っていたが、塩問屋としては氏素性のはっきりしている者の方が、と牛方の中で腕力の強い者や土地の若い者が護送の常雇いになり、数でみると山の者と逆転しているのだが、さて急場しのぎで護送を頼むとなると、山に詳しく、露宿も厭わないという者はそうはいない。山の者に仕事が回る訳は、そこにあった。

石亀峠を下って明川《あすかわ》に向かった。明川は荷継《につぎ》問屋などがあり、家々が軒を並べる賑やかな宿である。足助からここまでの荷馬が着いたところなのか、問屋の前に人が集まっている。荷を下ろされた馬が湯の入った桶に脚を入れ、洗ってもらっている。気持ちがいいのか、動かずに凝っとしている。

「馬になりてえ」

勘左のみならず、無坂も五平次も思いは同じだった。

かつて木暮衆は、七、八年で山を渡る渡りの民であった。移り、木を伐り、小屋を建て、野を焼き、蕎麦を、稗を、粟を育て、合間に狩りをし、《助け働き》をする。そうやっている間に土地が痩せ、また移る。そうして、何年も何世代も過ごしてきていた。それが、今の土地を見付けたところで変わった。大地から湯が湧き出しているのだ。秋口から翌年の春の終わりまで、一度か二度沸かした湯を浴びるだけの暮らしが、毎日湯に浸かる暮らしになった。夢のような暮らしだった。渡りを続けるか否か、皆で話し合った。畑は集落から離れても我慢すればよい。《助け働き》を増やせばいい。留まろう。ここ以上の土地はない。皆の思いは一致した。

湯のお蔭で、病も、寝込む老体も減った。だが、よいこと尽くめではなかった。湯に浸かるのが習いとなってしまい、働きに出るのがつらく感じられるようになったのだ。

「心配するな。湯に入らぬことにも慣れる」

力無く頷く勘左の尻を叩き、明川を抜け、足助に向かった。約二里半で足助だ。《わた屋》が用意してくれている牛宿には、蚤も壁蝨もいない。夕餉には白い飯も出る。

木暮の集落では、祝い事がなければ、白い飯は年に一度。十一月七日の山の神を祭る山祭りの日に限られていた。他の日は、蕎麦か、粟か、稗である。

勘左の足が速くなった。

笑い声を上げて五平次が続いた。無坂が後を追った。草や木が後ろに靡《なび》いてゆく。これが走りだ。山駆けだ。街道を行く旅人が、足を止め、脇に寄り、道を譲っている。足助に急ぐ者だと分かっているので、怯えた風はない。ならば、存分に走らせてもらおう。勘左の足が疲れ、衰えるまで好きにさせればいい。

平沢を過ぎたところで道が大きく南に曲がった。千田《せんだ》を過ぎれば、後は坂道を道なりに下って行けば桑田和《くわだわ》に着く。桑田和の手前で勘左が足を止めた。

「どうした？」五平次が訊いた。

「道が……」

左右に分かれている。この地に道標が置かれるのは江戸期に入ってからである。

「右だ。左に行くと鳳来寺に出ちまうぞ」

再び走ろうとする勘左を止め、無坂が歩くように言った。

「後少しで足助だ。川の流れでも見ながら行くぞ」

足助川沿いの街道を縦に一列になって歩いた。商いの者たちが、大きな荷を担いで擦れ違って行く。鈴の音が響いてきた。また荷運びの馬か牛が来るのだろう。牛だった。ひとりで六頭の牛を引き連れている。護衛の者がいない。明川までの日戻り働きだった。継ぎ送りと言い、運び終えると家に戻るのである。

足助の宿に入ると、商いの者と馬と牛を追い立てる怒鳴り声が飛び交っていた。

無坂が先頭に立ち、人の波を掻き分けるようにして家並みを奥へと進んだ。途切れることなく、問屋や商家が並んでいる。休み処の女が赤い襷《たすき》を掛けて、道行く者を誘っている。見とれた勘左が、馬糞を踏みそうになり、五平次にからかわれた。どこからか、味噌が焦げる香ばしいにおいがした。田楽を焼いているらしい。

「こっちだ」

一際大きなお店の脇にある小径に無坂が入った。お店の裏に通じている抜け裏である。無坂はふたりを振り返り、居住まいを正すと、裏木戸を押し、厨の戸をそっと開けた。

「木暮衆の無坂と申します。番頭の伊兵衛《いへえ》さんはおいででしょうか」

「呼ばれたのかい？」

無坂に気付いた賄いの女が尋ねた。

「はい。今日来るようにとのことで」

「待っておくれ」

女は素早く五平次と勘左を見ると、側にいた女に何やら言い付け、廊下に出、姿を消した。

「どうぞ」

女が盆に味噌汁の椀を並べ、差し出した。赤味噌で具は豆腐。それが着いたばかりの馬方や牛方、山の者へのもてなしだった。

咽喉の渇きを癒やすとともに、汗で流れた分の塩を補う意味があった。

「ありがとうございます」

押しいただくようにして受け、味噌汁を飲んだ。濃い赤味噌が身体の隅々にまで染み渡っていった。廊下の奥から足音がした。伊兵衛だった。

「ご苦労さん。待っていたよ」

出立は明朝。護衛する牛方は三人。牛は十八頭だ、と伊兵衛が言った。この話が来た時は、牛方ふたりで牛が十二頭だった。だから三人で来たのだ。十八頭が一列に並んでいる荷を守るのならば、四人か五人は要る。

「済まないね。急ぎの注文が入ってね。その分、駄賃は弾ませてもらうから、頼むよ」

盗賊さえ出なければ、十二頭でも十八頭でも変わりはなかった。ただ、盗賊が出るとなると、厄介な数であった。しかし、呼び寄せている間はない。

「大丈夫でございます。お引き受けいたします」

「流石、無坂さん、見込んだ通りだね。牛方衆は、都合で遅れているってことだから」伊兵衛は手代を呼ぶと、先に宿《やど》に案内するように言った。

宿に牛舎と厩。すべて《わた屋》の敷地内に用意されていた。裏をぐるりと回ると、広い牛舎や厩の並びに屋根の高い宿が建てられている。今夜の塒《ねぐら》である。

「夕餉は後ほど運ばせますので、それまで湯でも浴びて、お休みください」

「湯浴み出来るのですか」勘左が訊いた。

昨年までは、人への湯の用意はなかった。五平次が無坂を見て、笑みを浮かべている。

「皆さんに気持ちよく働いていただきたい、という旦那様の意向で、去年の暮れに作らせたのです」

「ありがてえ」勘左より先に五平次が礼を言い、宿の敷居を跨いだ。

宿と言っても、板襖で仕切られただけの板の間で、廊下の板襖は取り払われていた。言われた部屋に荷を置き、手拭いを手に、湯へ向かった。

脱衣所の前に、十五人は入れそうな板張りの湯船があった。勘左はさっと身体を洗い流すと、奇声を上げて湯に浸かった。

「出たら、足助の見物に行きませんか」

女を見に行きたいのだろう。だが、当然着いていなければならない牛方衆の姿がなかった。いつ来るのか。最悪、日延べも考えなければならなかった。

「《わた屋》さんから新たな申し出が入らんとも限らないからな。俺は残るが、ふたりは出てもいいぞ」

「着いた早々浮かれる訳にもいかないでしょう」五平次は無坂に言うと、勘左に向き直り、口調を強めた。「今日は我慢しろ」

「はい……」

部屋に綱を架け渡し、汗に濡れた刺し子と腹掛けと股引を吊し、足袋を裏返しにして干した。

着替え用の腹掛けと股引を身に付け、横になっていると、先程の手代が膳部を手にした賄いの者を従えて廊下に現れた。

「膳の用意が調いました。お召し上がりください」

足高膳に山盛りの飯と焼き魚に煮物、香の物、そして汁椀が載っており、飯櫃《めしびつ》も運ばれていた。

「お済みになったら、声をお掛けください」

手代と賄いの者が部屋を出た。

「頂戴しよう」

勘左が飯椀に箸を差し込み、掬《すく》い上げるようにして半分程を一息に食べた。五平次も負けじと掻っ込んでいる。若さに圧倒されながら、無坂も箸を運んだ。

その頃から宿は混み合い始めた。両の板襖越しに無遠慮な話し声が入り込んでくる。しかし、牛宿などではお決まりになっている博打を始める者はいなかった。《わた屋》の目を気にしているのだろう。

湯に行く者、《わた屋》の手代らに賄いの者。廊下を通る者が引きも切らなかったが、休むことにした。

宿には布団に類する物はない。まだ多くの者は、莫蓙か藁にくるまって寝るという時代である。無坂らは身体を丸めて板床に横になった。露宿と違うところは、湿気がないことと風がないことだった。

牛方らは、無坂らが眠りに落ちた頃着いたらしい。無坂らが寝ているのなら挨拶は

明日だと、牛舎に牛を入れ、湯に入り、飯を食い、土間近くの部屋で眠り、

「いやいや、大分待たせちまっただな。悪ィことしたな」

夜明け前、牛方の茂助らが無坂らを訪ねて来た。

茂助とは三度の《足助働き》すべての行《こう》をともにしていた。他のふたりは、作次《さくじ》に耕六《こうろく》。作次は二度目、耕六と行を共にするのは初めてとなる。いやいや、と前置きをして昨夜遅れた訳を大声で話した。

「メス（牝牛）の奴が二頭もコボ（仔牛）を産んでの。一頭が逆子で、大騒ぎだったんだわ」

「ふたりで脚ィ引っ張ってな」作次と耕六が、コボの脚を思い切り引いている真似をした。

「目ェつぶってんだが、息ィ吹き返してな。助かっただよ」

「ありゃ、稼ぐぜ。死んで生まれてきたのは、しぶとく生きるだよ。前にな……」

作次が同じ村の牛方の名なのだろう、男の名を挙げ、終いに飛騨の牛飼いに売られていった牡牛の話を終えたところに、昨日の手代が現れた。

「手早く朝餉《あさ》を済ませたら、声を掛けてください。伊兵衛が荷のことで話がありますと申しておりますので」

朝餉は、飯と濃い味噌汁と油揚げの煮物だった。昨夜と比べると落ちるが、十分過

ぎる程のご馳走だった。六人が向かい合って座り、物も言わずに箸を動かした。

食べ終えたと手代に言うと、ではこちらに、と裏に連れて行かれた。

足助塩を詰めた俵が山と積まれていた。

ここ足助に三河始め、阿波《あわ》、周防《すおう》など各地から俵詰めにされた塩が送られてくる。俵の大きさや塩の精度など、産地によりばらばらなので、問屋が一旦俵を解き、一定の精度と大きさの俵に詰め替え、足助塩として奥地に送り出すのである。

一頭に二俵付けるから三十六俵あるはずである。数えると、それだけあった。伊兵衛が、茂助に書き付けの束を渡し、この通りに荷を届け、替わりに受け取る物の明細を書いた書き付けを読み聞かせている。茂助らは仮名と数字は読み書き出来るが、崩し字となると覚束《おぼつか》なくなる。

茂助らが牛舎に向かった。牛を引き出し、背に塩俵を乗せる作業に入るのだ。

「無坂さんたちは、ちょっとこちらに」

茂助らを見送ると、伊兵衛が蔵の陰に無坂らを呼んだ。

「《炭屋》さんの荷が盗賊に襲われた、という話が入っています」

《炭屋》は、堂林衆の万作らが護送の任を請け負った塩問屋である。

「怪我人は？」無坂が訊いた。「知り人が付いているはずなのですが」

「詳しいことは分からないけどね。襲われた場所は分かっているよ」

美濃の大井宿と根羽を結ぶ街道にある木の実峠だった。

万作らに会ったのが、二日前、木の実峠の辺りを歩いているとは思えなかった。だが、他の誰かが怪我を負わされたのかもしれない。

「荷はすべて奪われたって話です。何だか物騒になってきたから十分気を付けておくれ」

「承知いたしました」

「無傷でね。お願いしますよ」

伊兵衛が真顔になって言った。

三

茂助らが塩を積み終えた。牛は虻除けの首懸けと《わた屋》の家紋を染め抜いた腹懸けを荷から垂らし、大層立派に見えた。茂助らも菅笠《すげがさ》に半纏《はんてん》、腹掛けに股引の姿に着替えている。

「では、出立式を行いますので」

伊兵衛に促されて、茂助らと無坂らは母屋に続く石畳を奥に向かった。

中の口の前に台が設けられてあり、長柄のついた漆塗りの片口と六人分の盃の乗った三宝が置かれていた。待っていると、中から痩身で背の高い男が出て来た。《わた屋》の主・八郎左衛門《はちろうざえもん》だった。

伊兵衛が盃を茂助ら皆に配ると、八郎左衛門が片口の酒を注ぎながら、頼みましたよ、とひとりずつに言う。それに併せて、捧げ持っていた盃を一息に空ける。それが出立式のすべてで、八郎左衛門は引き上げてしまったのだが、旦那様に酒を注いでもらったと、茂助らは洟を拭っている。

出立となった。門を出、《わた屋》の前を通り、ゆったりとした歩みで足助の宿を抜けた。

先頭に茂助と無坂が立ち、次いで中を耕六と勘左が、最後に作次と五平次が付いた。

無坂らは宿を出たところで杖の先に山刀を差した。

「何も起きねえよォ」茂助が笑いながら言った。

分かっていた。少なくとも石亀峠までは、盗賊は現れないだろう。だが、物陰から物見が見ているかもしれない。その物見と、しっかりと務めを果たしていますよ、と街道を行く牛方や馬方らに見せ付ける意味があった。

「用心のためですよ」無坂が茂助に言った。「この仕事を失いたくないですからね」

先頭の金時が、モウと鳴いた。人の言葉を解するらしいことは、三度の行で知っていた。

「牛は頭がいいだ。特に金時はな。多分おらよりいい、とかかあが言ってただよ」

金時が再びモウと鳴いた。やはり、分かっているらしい。

茂助との道中は楽だった。気遣いが要らなかった。茂助も、《わた屋》が雇っている護送の若い衆より、無坂らの方が「気兼ねしねくていい」ので、

「おらたちゃほっとしてるだよ」

ということだった。

牛の歩みに合わせてゆるやかな坂道を下った。茂助の口ずさむ牛追い唄に、作次と耕六が合いの手を入れている。

長閑《のどか》に道中が始まった。足助川の畔に咲いた野の草が、柔らかな風に震えている。この静けさが続くことを祈りながら、無坂は四囲に目を配った。

桑田和を過ぎ、二タ宮《ふたみや》の急な坂道を上り、千田《せんだ》から平沢に出る。勘左が草笛の吹き方を耕六に教えている。振り向くと、辺りを見回すような仕種をして見せた。油断はしていない、と言いたいのだろう。任せよう。明川で長めの休みを取り、石亀峠に向かった。

つづら折りの坂道を行き、更に急坂を上ると峠の頂に出た。茂助らが牛を休ませたのを見て、無坂は五平次と勘左を前後に散らした。

峠を下りれば、今日の宿泊地である連谷の集落だ。木立に囲まれた峠で長居することはない。茂助に、出立を促した。

「ほいじゃ、行くべえ」

下り道を行くと、連谷の集落が木の間から見えた。段戸川が流れ、昼餉を摂った杉の木立が覗いた。

牛の鳴き声と牛方の声に気付いた子供らが駆け寄ってきた。中のふたりは、昨日の子供たちだった。気付いたらしい。肘を突き合っている。

「小僧」と茂助が、鼻の下を擦っている子供らに言った。「牛がきた、と《菊屋》の旦那に言ってきてくれや」

《菊屋》は牛宿の名である。向きを変え、走り出した子供らと入れ違うように、大人がちらほらと集まってきた。鍬を手にして、何をしてるだ？　と詰問してきた男を探したが、見えなかった。牛方の到着に気付かないはずはない。隠れているのだろう。そうやってうち解けることなく、年数を重ねてゆくのだ。だが、それでよかった。里の者は心を開く相手ではない。

晩と朝に、菜を刻み込んで炊いた飯が出た。宿を発ち、西小田木《にしおたぎ》を過ぎたところから上りになり、休みを取りながら峠越えを繰り返して武節に着いた。

武節の牛宿は、去年と同じであった。また蚤と壁蝨か、と恐る恐る宿に上がると、床は敷き置きされた寝茣蓙ではなく、板張りとなっていた。

五平次が、笑みを浮かべて掌を擦り合わせた。勘左が所作を真似た。

茂助らは、荷を蔵に預けると、問屋の番頭らと交換する荷について話している。干した茸や薬草と換えるのだが、薬草の数が足りないらしい。飯田からの荷の到着が遅れているのだ。飯田の問屋に薬草を納めているのは大島や片桐などの仲買で、その大島の仲買に採った薬草を持ち込んでいるのが木暮衆だった。つまり無坂らは、山で採って売ったものを、今度は手当をもらって守ろうとしているのである。世の仕組みとは妙な具合に出来ているものだな、と感心している無坂に気付きもせず、

「下手すると、もう一晩ここに泊まることになるな」

嬉しそうに言った茂助の言葉通り、武節で連泊することになった。

牛宿で余計な時を過ごすと身を持て余すことが多いが、武節は伊奈街道、美濃街道、名倉通と道が交錯しているところなので、様々な話がもたらされ、牛方らの話を聞いているだけで、飽きることがなかった。

特に無坂の気を引いたのは、美濃街道から来た牛方の話だった。牛が何かに怯え、

短い間だったが、立ち竦《すく》んだというのだ。まさか、と思い、猿かと尋ねたが、牛方は訊かれた意味が分からないのか、暫くぼんやりしてから、違うと答えた。

「もしかすっと、盗賊だったのかな？」

翌日の昼過ぎに、遅れていた荷が届き、一日遅れの出立となった。

雨の近付いている気配はあったが、降り出すのは早くて夕方頃だろう。今日一日保《も》ってくれればいい。先を急ぐことにした。

武節を出て夏焼を通り、城ヶ山の麓を行き、杣路峠に差し掛かった。峠を越すまでは、と気を張って辺りを警戒しながら進んだのだが、何事も起こらなかった。

まだまだ油断するなよ。無坂は、五平次と勘左に命じることで茂助らの注意を促しながら、小柧《こどち》から万場瀬、そして根羽へと抜けた。

塩を紙と麻、毛皮に換え、牛宿に入った。毛皮は漆とともに武具の拵《こしら》えに不可欠のものだった。漆は専門に運ぶ者がおり、茂助らの扱う品目から外れていた。

無坂は、茂助らが牛の世話をしている間に、同宿の牛方に話を聞いて回った。

牛が立ち竦んだという話はなかったが、盗賊に関しては詳しい話が聞けた。襲われたが、崖から転げ落ちてひとり生き残った者の話の又聞きだった。

盗賊は五人組で、菅笠を被り、顔を隠そうとしてか、縁から黒い布を垂らしていたらしい。身形は刺し子に股引という山の者と取れる姿だと言う。しかし、菅笠の縁から黒い布を垂らすという山の者を、無坂は見たことも聞いたこともなかった。本当に山の者なのか。それとも、百姓崩れか、戦場から逃げた足軽崩れの者なのか。顔を隠すという周到さが、どうにも始末の悪い者どものように思えた。

その夜、他の牛方のひとりが高い熱を出し、仲間の者が糸ミミズを煎じて飲ませていた。ふと小夜姫がどうしているかと気になったが、気にしてもどうなるというものではない。目の前の役目に気持ちを振り向けるしかなかった。

夜中になり、雨が降り始めた。朝になっても止む気配を見せずに降っている。

「止むかな？」

「夕方までは、止まんでしょう」

「おらも、そう思うだよ」

だが、茂助は雨を押して行くことにした。

塩俵を油紙で覆えば大丈夫だ。そったら遠くでねえ。

今日の泊まりは津具《つぐ》だった。牛を連れていなければ一刻半（三時間）もあれば行けるところだったが、急な下り坂のある折元峠《おりもととうげ》を越えなければならなかった。

「こいつらなら、まあ何でもねえ」

茂助は金時の尻をぴしゃりと叩くと、大口を開けた。笑ったつもりなのだろうが、笑い声は飲み込まれていた。

新井《あらい》を通り、檜原川沿いに行き、折元峠の頂きに立った。これからがくねくねと曲がった下り坂である。

ほれほれ、という牛を導く茂助らの声が木立に響いた。このような足場の悪いところで襲われたら、荷を守るだけで手一杯になってしまう。無坂は手槍を握る手に力を込めた。

途中、最後尾近くの牛が脚を滑らせ、ひやりとさせられたが、危なかったのはそれだけで、峠を下った。

津具は山に囲まれた土地で、後年武田晴信の金山衆が、その西方の山から金の鉱脈を発見し、多大の軍資金を得たところでもあった。金山衆は金鉱脈を見付け、掘り出す特殊な技能集団で、一名をムカデと言った。ムカデには、掘りを務めとする黒脚組と、火薬を専ら扱う赤脚組があり、この二組が状況に合わせて山を掘り崩すのである。掘り出した金は古府中（甲府）に運ばれる。ために、古府中に続く道は整備拡張されることになるが、それはもう少し時を待たなければならない。

だが、伊奈街道に稲橋街道などが交わる津具は、塩問屋、麻問屋などとともに、牛宿や馬宿が軒を連ねる繁華な土地であった。

「保つかな？」

寝る前に牛を見回った後で、茂助が無坂に訊いた。天候が保つかと尋ねたのである。

明日と明後日は、田口と海老の牛宿に泊まる心づもりでいたが、それから行の終わるまでの二日間は牛宿ではなく、露宿であった。田口にしても、牛宿の規模が小さく、雨に降り込められでもしたら、宿は人と牛で溢れてしまう。雨になりそうならば、このまま津具で雨をやり過ごすのが得策だった。

「雲が切れたから、保つでしょう」

「だと、いいんだけんどな」

雲の切れ間から、月が時折顔を覗かせている。

「山犬の鳴き声、聞かないよな？」牛の周りをぐるりと取り囲まれ、腹を食い破られることも多々あった。

「その心配も、なさそうですね」

「ありがてえよお」

「それを言うのは五日後ですよ」

「気を引き締めるべ」

翌朝、好天の中を一列になって津具を発った。今日も知生《ちしょう》峠、松坂峠と大きな峠をふたつ越えなければならない。

簀ノ子《すのこ》を通り過ぎたところで、金時が脚を止め、前方に立ちふさがる山を見上げた。

「どしたあ？」

茂助が金時に声を掛けてから振り返り、作次と耕六を見た。ふたりの牛も脚を止めている。

「大した峠じゃねえ。ほれ、歩けや」

茂助が鼻輪に付けた綱をぐいと引くと、瞬間抗うような仕種を見せたが、金時の前脚がゆっくりと動いた。

「そんだ、そんだ。それでいいだ」

気を付けろ。無坂は五平次と勘左に合図を送った。

木立が深くなってきた。草が、枝が、うるさい程に伸びている。その中を黙々と歩いて行くと、枝が屋根のように道を覆った平地に出た。

作次と耕六の牛が追い付くのを待ち、茂助が行くぞ、と手を上げた。金時と無坂の目が合った。怯えたように、小さく揺れている。ほれ、と茂助が綱を引いた。ゆるゆると金時が脚を踏み出した。

のろい。歩みが、いつにも増してのろい。土を踏み、石を踏む脚音が殊更耳に付く。

無坂は地面に目を遣った。いつもなら、日が射していれば、木の間から落ちてくる日の光が揺れ動いているのだが、動いていない。固まっている。風が、死んでいるのだ。

獣の声を探した。鳥の鳴き声を、虫の声を探した。何も聞こえてこない。

再び金時が歩みを止めた。落ち着かないのか、前脚で地を掻いている。他の牛も、動きを止めた。

何か、いる……。

茂助に声を掛けようとして、無坂は、ひどく嫌な寒気に襲われているのに気が付いた。

茂助も作次も耕六も、五平次も勘左も、皆同じ寒気に捕らわれているのか、身体が動かなくなり、立ち尽くしている。

遠くの藪で、黒い影のようなものが動いた。それは人の形をして、木と木の間を擦り抜けるように流れ渡って来ると、無坂と牛らの前で地に貼り付いた。

泣きそうな目をして、茂助が無坂を見た。

「塩だ」と、無坂が叫んだ。「塩を身体と足に掛けるんだ、牛もだ」

無坂は身体に纏い付いてくる寒気を払い除けると、手槍の先に付けた山刀を塩俵に突き刺した。一握りの塩を摑み取り、茂助と己と牛に掛けた。

「死にたくなければ、塩を取れ」

五平次と勘左が、作次と耕六が慌てて無坂に倣った。

影が這うようにして地面を流れ、牛と無坂らの足に取り付こうとした。暫く足許にいたが、諦めたのか、擦り抜けるようにして木立の中に消えた。

気配が遠退くのに従い、身体を取り巻いていた寒気が薄れ、生気が甦ってきた。

「何だあ？　今の何だあ？」

茂助が足を震わせながら喚いた。茂助に合わせて、金時がモウ、とひとつ鳴き声を上げた。

作次と耕六が喚きながら駆け寄って来た。五平次と勘左が続いている。

「影、です」無坂が言った。「昔、爺様から聞いたことがある。山が、里の戦のあおりで吸い過ぎた血を、吐き出す。それが浮かばれぬ霊と結び付いて、影のように彷徨《さまよ》っているのです。塩で清めれば、近付けないんです」

「本当か」作次と耕六が、茂助に訊いた。

「分からね。おら、初めて見ただ。さっき、死にたくなければ、と言ってたけんど、あれに取り付かれると死ぬのか」

「爺様は、そう言ってました。命を吸い取られる、と」

「また出るんか」ふたりが無坂に訊いた。

「これからもっと多くの血が流れるから、影も増えるでしょう……」

四月の初めに鹿を襲っていた猿どもは、風ではなく、影に怯えたのだろうか。そう考えると合点はいったが、あの時は風が吹き荒れていたし、寒気も何も感じなかった。では、何だったのか。分からなかった。

「どうすべ？」と茂助が、無坂の顔を覗き込んで言った。「戻るか」

「俺たちには塩があります。塩があれば、逃げられます。行きましょう。ここから離れた方がいい」

武節の牛宿で、美濃街道から来た牛方が、途中で牛が立ち竦んだという話をしていたが、それが影の気配を察知してのことだとすると、影はぐるぐると回っているのかもしれない。

「おめ、強えなぁ」茂助が心底感心したような声を出した。

茂助の肩を叩き、金時の咽喉を撫で、茂助の真似をして手を上げた。行くぞ。作次と五平次らが持ち場に駆け戻った。

何事もなく知生峠を越えた。人も牛も、心なしか早足になっていたらしい。振り返り、背後の気配を探る回数も、多くなっている。

「逃げるだよ、逃げるだよ」茂助の唱える声が、皆の心を代弁していた。

谷合《やわせ》を抜け、滝瀬から上りになる。松坂峠の始まりだ。膝まで水に浸かって川を渡り、上りに入る。金時らは蹄を土に立て、踏ん張っている。荷が左右に傾《かし》ぐ。

「重くね、重くね。おめなら、重くね」茂助が声を掛ける。金時に伝わったのか、荒い息遣いが嘘のように消えている。

ようやく上り着いた峠の頂きに、茶屋の跡があった。穴の空いた屋根と壊れた腰掛けが残されていた。

「おらたちの若い頃は、茶を振る舞ってくれたんだけんどな。戦の兵が悪さしたもんで、里に下りてしまっただよ」

皆で竹筒の水を飲み、怒田《ぬた》に下りた。目指す田口は間もなくである。とにかく、無事に通り過ぎたのだと、安堵の顔を見せ合い、歩を急がせた。

その夜、茂助らが牛宿の者らに黒い影について話したのだが、誰にも信じてもらえなかった。

「ありゃ、見たもんでなければ、だめだな。悔しいが、おらでもそうかもしんねしな」

無坂を牛の見回りに誘い出し、茂助が言った。

「塩で身を守ることが出来る、と教えました？」

「そりゃ、教えた。半分信じちゃいなかったけんどもな」

「信じる、信じないは向こうの勝手です。こちらは教えたのですから、それでよいのです」

「厳しいんだな」

「水場の場所は正確に教えるが、戻ってまでして連れては行かない。迷って行けなかった時は、よく聞いていなかった方が悪い。山の決まりです」

「そんだな……」

「明後日からは露宿です。足りない物は？」

「ね」ないらしい。「でも」と言って茂助が顔を曇らせた。「もし、あの影が夜出たらどうしたらいいべ？」

「夜は、寝ているでしょう」

「はあ？」茂助が、頓狂な声を出した。

「先の先まで考えることはありませんよ。こっちには塩俵があるんですから」

「そんなもんか」

「山の不思議は、こっちの頭より広くて、深くて、大きいんです。考えたって分かりません。そんなことより、寝た方が勝ちです」

「また出たら頼むかんな」

「任せてください。死ぬ時は一緒です」

「えぇっ」茂助が、再び妙な声を張り上げた。

無坂は笑って見せたが、猿と言い、黒い影と言い、これまでに無坂が見たことのないことが立て続けに起こっていることに、気味の悪さを感じ取っていた。山に何かが起こっているのだろうか。しかし、それは今考えることではなかった。無坂は、茂助の肩に手を置き、寝ましょう、と言った。美味いものを鱈腹《たらふく》食べている夢でも見て。

「そっだな」

茂助の顔が弾けた。本当に、そんな夢を見るつもりでいるのだろうか。無坂は、思わず茂助の笑顔を見詰めた。

## 四

足助を発って七日目の朝になった。雲の量は少なく、流れも申し分ない。ここ何日かは、雨が降る気配はなかった。

「行くぞ、行くぞ」

茂助の掛け声で牛宿を出た。出来れば、四里先の海老まで足を延ばしたい。茂助は黒い影のことなど忘れたかのように、大きな声を張り上げていた。

田口の集落を抜けると山は深くなり、荒尾《あろう》、小代《こじろ》と進むにつれ、その度合いはいよいよ増し、塩津を通り過ぎると人の気配もすっかりなくなっていた。既にかしやげ峠の上りは始まっている。くねくねと曲がった山道は、張り出した枝で暗い。作次と耕六は、「出ねえだろうな」茂助が心細げに言いながら、木立を見回した。声もなく牛に縋《すが》り付いていた。

金時が蹄で土を掻き、荷を揺らしながら上っている。

先頭に立った無坂が、皆に声を掛ける。さあ、続け。何もいないぞ。

「んだほら、んだほら」

茂助が訳の分からない言葉を金時に囁き掛けている。これまでに聞いたことのない掛け声だった。

「まじない、ですか」訊いてみた。

「教わったばかりなんだけんども、これが利くんだぁ。んだほら、んだほら」

無坂も真似た。んだほら、んだほら。思いなしか、金時の脚の出が力強くなっている。

「利くようですね」

「そんだ、そんだ」

峠で休みを取り、下りに入った。深い谷が続いた。道を挟むように、両側に土と岩の壁が屹立している。その隙間を通り過ぎると、壁が鬱蒼と繁った木立に変わった。

甲高い鳥の鳴き声が響いた。

「ちいと気味が悪いな」茂助が言った。

「初めて通るって訳でもないのに、ですか」

「何度通っていても、あんなのに出会《でくわ》したこと、なかったんだからな……」

「もう出ないですよ……」

言い掛けて無坂は、後の言葉を飲み込んだ。二十間（約三十六メートル）程先の木立の陰に何かが隠れたように見えたのだ。熊の動きではなかった。鹿とも思えない。

すると、人か。人だとすると。

無坂は背後の五平次と勘左に合図をくれると、茂助の前に回った。盗賊が出た時の心得は、足助を出る前に話してある。牛のことだけ見ていろ。

葉が散ってきた。上だ。顔を振り上げた。黒い塊が宙にあった。塊は抜き払った山刀を持っていた。刃渡り二尺（約六十一センチ）程の反りのない山刀の刃が中空で光った。光が尾を引いて、打ち付けられてきた。無坂は飛び退きながら半身を捻ると、手槍を塊に向かって突き立てた。手槍の長さは三尺八寸（約百十五センチ）ある。切っ先が、男の被っている菅笠に吸い込まれた。

「ぐっ」男が呻《うめ》いた。

無坂は、間合を取り、男を見た。菅笠の縁から顔を隠すためか、黒い布を垂らしていた。根羽の牛宿で牛方から聞いた盗賊と同じ風体だった。

「出たぞ、出たぞ」叫んで振り返った茂助が、後ろにも出てるぞ、と怒鳴った。五平次の声と、作次と耕六の喚き声が届いて来た。

「何人いる？」無坂が男から目を移さずに訊いた。

「三人だ」

助けに行きたいが、身動きがとれない。何とか、持ち堪えてくれ。

牛方は五人だ、と言っていた。牛方の話が正しいのなら、もうひとりいるはずだった。

背後に気の半分を残し、目の前の賊に手槍を打ち込んだ。最初の一撃が入ったのだろう、黒い布の端から血が滴り落ちている。

無坂が突きを三つ続けて男にくれた。明らかに賊は怯んでいた。無坂の手槍が男の山刀を巻き込み、弾き飛ばした。男の山刀が木立の中に消えた。

男は後ろに飛ぶと藪に向かって手を伸ばした。藪から新たな山刀が男の足許に投げられた。

「俺としたことが油断した。勝ったと思うなよ。ナガタがあれば、お前なんぞに……」

男は山刀を摑むと身を屈め、前のめりになって向かって来た。身構えた無坂目掛け、藪から何かが飛んだ。見ている余裕はない。気配でかわした。飛礫《つぶて》が無坂の首筋を掠めた。菅笠と黒い布の隙間から男の目が覗いた。憑《つ》かれたように尖っていた。男の山刀が水平に振られた。無坂は刃の下を掻い潜り、手槍を突き上げた。手槍は黒い布の下から入り、首を貫いた。夥《おびただ》しい血を噴き上げて男が地に倒れた。手槍を抜こうとした瞬間、藪が割れ、怪鳥《けちょう》のように飛び出した男が、無坂に襲い掛かってきた。手槍を男の首に残したまま、すんでのところでかわし、腰から長鉈を引き抜いた。

「お前の腕を見誤った。遊ばせるではなかった。惜しい命を散らしたわ」

「木の実峠で《炭屋》の荷を襲ったのは、お前らか」

「だったら？」

「どこの者だ？」

黒い布の奥で男が笑った。

うおっ、と茂助が吠えた。

「若い衆が、ひとりずつやっつけただよぉ」

茂助が飛び跳ねた。作次と耕六の上げる歓声に合わせて、金時がモウと鳴き声を上げている。

そんな、馬鹿な。仲間に目を遣ったのだろう。菅笠が僅かに動いた。今だ。無坂が長鉈を振り下ろした。横にかわした拍子に黒い布の裾が捲《まく》れ、男の顔の下半分が覗いた。顎に、刀傷があった。

男と三合ほど打ち合わせたところで、男の仲間が吹いたのだろう、無坂の背後から指笛が聞こえた。木暮衆のものでも牛方のものでもなかった。男が指を黒い布の裏に入れた。指笛が鳴った。

男が背から藪に入りながら、その顔、と無坂に言った。忘れんぞ。

藪の動きがなくなり、男の気配も消えた。無坂は、それでもなお、藪を呼吸三つ程見詰めてから、五平次と勘左のいる後方へと走った。賊の姿はなかった。どうしたのか、訊いた。

無傷の男が山刀を手に身構えている間に、五平次に腕を斬られた男が、勘左に太腿を刺された男を引き摺るようにして逃げた、という話だった。

「ふたりとも、怪我は？」

掠り傷ひとつ負っていなかった。

「勘左、よくやったぞ。大したものだ」

勘左の顔がほころんだ。

「五平次もな」

「はい」

「辺りに気を付けて待っていてくれ」

海老まで、まだ行程は残っている。のんびりしている暇はない。茂助の許に取って返し、急いで死体を調べた。頭巾を除けば、刺し子と腹掛けと股引に褌《ふんどし》。目立ったものは何も持ってはいなかった。交代で茂助や五平次らに顔を見せたが、誰も見たことのない男だった。

「何か分かったんか」茂助が訊いた。

「いえ……」

持ち物からは分からなかったが、山刀をナガタと言っていた。聞いたことのない、言い方だった。その辺りで探すしかないか。

無坂は死体の指を胸の上で組ませてから立ち上がると、指を唇に当て、強く吹いた。賊のものとは違う響きだったが、指笛が鋭く鳴った。茂助が驚いて目を丸くしている。無坂が藪に向かって叫んだ。

「我らは先を急ぐゆえ、この男の亡骸は置いてゆく。葬ってやってくれ」

「まだいるだか」

「太腿を刺された者がいるのです。遠くへは行っていないはずです」

木立の間を縫って、盗賊の指笛が返ってきた。

「いた。怖ええ」

「行きましょう」無坂が振り返り、五平次と勘左に出立の合図をした。

「行くべ、行くべ」茂助が金時の横っ腹をさすり、歩かせながら、でもよ、と言った。「あんなに強いとは思わなかっただよ。魂消《たまげ》ただ」

前に盗賊を追い払った時は、百姓崩れだったので、威嚇し、殴り倒しただけだった。その時も、茂助は、魂消たと言っていたのだが。

「どこかで習ったんだか」手槍で刺す真似をした。

「俺たちは山の中で暮らしていますから、熊とか猪と戦わなければなりません。素早く、確実に倒す。倒さなければ、こちらが倒される。そんな中で身に付けたもので、威張れたものではありません」

「いやいやぁ、魂消ただよ」

茂助は気持ちよさそうに笑うと、もう一度魂消た、と口にした。

谷間の道を下り、四谷の集落に入った。茂助が、集落の長に《わた屋》の名を出し、かしやげ峠を下っている途中で盗賊に襲われたことなどを詳細に伝え、見張りを立てるよう頼み、先を急いだ。

清水川沿いに下り、真菰《まこも》を過ぎる辺りから、道を行く人影が増え始めた。仏坂峠を越え、海老に向かっている人たちである。盗賊がかしやげ峠のこっちで襲って来たのは、盗った荷を仏坂峠を越えて豊根辺りで売り捌くつもりだったのだろう、と茂助が推理を働かせ、悪りぃ考えだ、許せねえな、と呟き、

「ここまでくれば、安心だな？」と無坂に訊いた。

まだ峠がひとつ残っていたが、街道に掛かる枝が払われている上、人通りもあるので、まず心配はないだろう。しかし、簡単に頷く訳にはゆかない。油断しないように言った。

「そら、ま、そんだな」

茂助は振り返ると、作次と耕六に、油断するでねえぞ、と叫んだ。作次と耕六に代わって、牛が答えた。

夕闇の迫る海老の町は、問屋や牛宿への出入りが引きも切らない。

「皆に話してやってもいいだか」茂助が、今夜泊まる牛宿を指でさしながら訊いた。

皆の役に立つでしょうしね。

ちいとおらがいい役になるかもしんねえけんども、あんまし外れないように話すからな。でも、その前に。

塩問屋の暖簾《のれん》を分けると腰をくいと屈め、大声を発した。

「足助の《わた屋》からの荷でございます。着きましたでございます」

海老で塩と交換した薬草や紙を積むと、《わた屋》に命じられた仕事はすべてこなしたことになる。

「後は、足助に帰るだけだわ」

茂助と作次と耕六が、笑みを浮かべた。だが、残りの三日間は露宿である。盗賊と獣と雨と、新たな脅威である黒い影に気を付けなければならない。

作次が米と餅、それに菜と干した川魚を調達してきた。《わた屋》の番頭から許しを得ている支出だった。

「耕六の飯は美味いんだよ」作次が言った。

「かかあのより美味いってのも、困りもんだけんどな」茂助が横から口を挟んだ。

「耕六のかかあのは不味い。猫が跨いでくっからな」

「それでも子ぉは育つから不思議だよな」

茂助と作次が腹を抱えているのを見て、耕六も笑っている。言われ慣れているのか、諦めているのか。

海老川沿いに伊奈街道を少し下ったところに丸木橋が架かっている。以前より丸木が太くなっていた。大雨で流されてな、太くしたんだな。牛を一頭ずつ渡し、山裾に分け入った。ぐるりと山裾を回り、もうひとつ川を渡らなければならない。

森を抜けると水音が耳に飛び込んできた。寒狭川《かんさがわ》に出たのだ。思った以上に水量がある。このところまとまった雨は降っていないと海老の牛宿の者は言っていたが、渡れるだろうか。

「塩は、魔除け用しかねえし、大丈夫だぁ」

茂助らは褌ひとつになると、ここらが浅いだ、と言って綱を引いて川に入り始めた。無坂らも刺し子と股引を脱ぎ、川に入った。用心のため、ひとりが渡り切るまで、他のふたりが見張りに立ったが、何事も起きなかった。

「ひやっこかったっけな」

作次と耕六が震えながら牛を撫で回している。茂助が、西の空を指して牛に言った。

「あの山の向こうが今日の塒だ。あと一踏ん張りだあな」

見た目ほど遠くないことを無坂と五平次は知っていた。勘左に五平次が話している。

川の水を竹筒に入れ、出立した。

無坂が先頭に立ち、張り出した枝葉を払った。鹿が驚いて、跳ねるようにして逃げて行く。尻の丸い白い毛が、木立の間に見え隠れしている。

「鹿肉、持っていたっけ？」

鹿を見て思い出したらしい。前に行をともにした時に食べさせたことがあったのだが、なくなるまで際限なくほしがるので、無坂からは言わないようにしていたのだ。

「今夜、炙《あぶ》ってちぃと食べたいんだけんども、いいかな？」

「沢山は駄目ですよ。雨に降り籠められた時に食べるものなんですからね」

「分かっているよう」

拳で口の周りを拭っている茂助を見て、無坂は咄嗟に鹿肉の残りの量を数えた。

曲がりくねった上り坂が続く。黙って上っていた無坂の名を、茂助が小声で呼んだ。

「そろそろだからな」

無坂が、頷いて見せた。

北に上ったところに、雨堤城《あまづつみじょう》があった。雨堤城は、ここから北方二十八町（約三キロ）のところにある田峯城《だみねじょう》の支城だった。ここの兵は、荷を運ぶ牛や馬に気付くと、有無を言わさず徴発してしまうのである。何度か荷が犠牲になったが、手出し出来ずにいる。身を守るには、気付かれずに通り過ぎるしかない。

牛に鳴き声を出させないよう、茂助らは機嫌を取りながら進んだ。

「こんなところに城を作っても仕方あんめえにさ」

「盗賊退治でもしていろ、と言いたいですね」

「そんだ、そんだ」

茂助が口を抑えて、笑った。

雨堤城のある山裾を回ると下りになった。この先が島田と呼ばれるところで、今日の露宿地であった。水場があり、山間の平場で見通しが利いた。

場所を決めると、渋紙の上に荷を下ろし、上からも渋紙を掛けて蔓で包むように縛った。これで、夜露からも、多少の雨からも荷を守れた。

荷の始末を終えると、水場に牛を連れて行き、たっぷりと水を飲ませ、草を食べさせる。

その間に、炊事と焚き火のための薪の用意である。枯れ枝を集め、生木を伐り出し、朝までの分を山に積む。

そして寝床だ。火を焚き、火に腹を向けて寝かせた牛の身体で円を作り、その中に人が入る。焚き火の方向に腹を向けさせるのは、山犬から腹を食い千切られないよう守るためである。茂助らは朝まで眠り、無坂らは交代で薪をくべながら見張ることになる。

五平次と勘左が薪を拾い集めている間に、無坂が竈を作った。耕六と作次は、夕餉の菜を刻み、川魚の腸を取っている。

耕六が、米を入れた鍋に多めの水を注ぎ、火に掛けた。湯が沸き、米がやわらかくなったところで菜と川魚を加え、味噌で味付けをするらしい。山に入ると蕎麦の実の雑炊がほとんどなので、米の雑炊はご馳走だった。

熱い雑炊を食べ、鹿肉を炙って齧り、星空を見上げて眠る。

牛方の三人は、それぞれ気に入りの牛の腹に凭《もた》れるようにして横になった。焚き火の火より、牛の体温の方が寝心地がよいのだそうだ。勘左、無坂、五平次の順で火の番をすることになった。経験の浅い勘左を、一番襲われにくい頃合にと割り振ったのだ。

「火は遠くから見えるからな。何か変だと思ったら起こせ。間違いはしくじりではないが、躊躇《ためら》って遅れるのはしくじりだ。躊躇うなよ」

勘左が唾を飲み込みながら頷いた。

小枝を折り、焚き火にくべた。炎が巻き付き、小枝がゆるゆると反っている。小枝の先から湯気が噴き出し、それが終わると、ぱっと炎に包まれ燃え上がった。皆が寝てからどれくらいが経つのか。勘左は夜空を見上げた。月が山の端から中天過ぎまで動いている。

黒く影になった山に目を遣った。深く、遠い。

どこかで、枯れ木がこそりと鳴った。何かが枯れ木を踏んだ音だった。山犬かとも思ったが、山犬にしては音が大きかった。

誰だ？　勘左の脳裏に峠の盗賊の姿がよぎった。仲間を呼んできたのか。あの時は、夢中で突き出した手槍が、偶然相手の腿に刺さったが、また同じようにゆくとは思えなかった。

再び、こそりと音がした。牛の何頭かが、頭を擡げている。

勘左は、小石を寝ている無坂と五平次の背に投げた。ぴくりと動き、ふたりが目を覚まし、身構えた。

「音がしました。何かが、近くにいます」

無坂が頷き、手を小さく上げた。低く、這うようにして、辺りを窺っている。五平次も同じ格好をし、無坂と逆の方を探り始めた。

「燃えさしを持ち上げろ」無坂が言った。

勘左は、太めの枝を取り出すと、夜空に突き立てた。

「見てみろ」

遠くで、緑色の目が光った。六つあった。

「山犬だ。投げろ」

勘左は大きく腕を振り、目玉目掛けて燃えさしを投げ付けた。緑の目玉が消え、黒い影がふわりと背を向けた。

「でかかったですね」五平次が言った。「小さな牛くらいあるかもしれませんね」

「よく気付いたな」

無坂は夜空を見上げると、丁度交代の頃だ、と勘左に言った。後は俺が見張ろう。横になったが、勘左は目が冴えていた。盗賊でなくてよかったという思いと、起してよかったという思いが、ぐるぐると身体を駆け巡っているのだ。

「寝ろ」と無坂が、小さな声で言った。「明日がつらくなるぞ」

目を閉じ、無理にも眠ろうとしていると、軽い寝息が聞こえてきた。五平次だった。

「お前も六年も経てば、ああなる。いや、それ以上かもしれんぞ。十七の時の五平次は、お前ほど腹が据わっていなかった」

「はい……」

「ちょいと待て。五平次にも昔、同じようなことを言った気がするが、まあいい。お前は山の者として確かに信に足る者になっている、ということだ。それが、この行で分かった。残りは僅かだから、頼むぞ」

応えようとしていたが、熱いものが込み上げてきたのか、言葉にならないらしい。勘左が懸命に頷いた。

「いやあ、気が付かなかっただよ」

朝になり、山犬の話を聞いて、茂助が額を掌でぴしゃりと打った。

「木暮衆がいてくれるからと、安心し切ってるかんな」作次が耕六に言った。

「もうちぃと、ぴりっとせんとな」

雑炊を食べ、昼餉用の餅を焼き、島田を発った。今日は、作手《つくで》を抜け、菅沼、宇連《うれ》野《の》、阿蔵《あぞう》を通り、梨野までだった。

峠に差し掛かった。峠を越え、そのまま下って行くと、山に囲まれた擂《す》り鉢《ばち》の底のような土地に出る。作手と呼ばれる土地である。小川の水を飲み、歩みを再開する。

茂助の牛追い唄を聞きながら峠を越えると、菅沼への道が続いていた。

「いやあ」と茂助が、後続の牛を見ながら無坂に言った。「上手いもんだな」

茂助が何を言っているのか、分からなかった。

「山犬の後で、若いのに言ってただろ。聞いてたんだわ」

「狸寝入りをしていたんですか」

「昼は牛飼い、夜はお狸様よ。あれ、そっくり使わせてもらってもいいだか」

「構いませんが、誰にです。耕六さんですか」

「うんにゃ。おらん家《とこ》の抜け作だぁ。しょうもない馬鹿でな。牛と一緒に育っているのに、牛の気持ちを分かろうとしねえのよ」

「分かっていると思いますよ。ただ親父さんがしっかりしているので、甘えているのでしょう」

「それも、使っていいだか。同じ悩みを抱えているおっ父《とう》がいるんだわ」

菅沼からゆるやかな坂を下って行くと宇連野だった。菅沼と宇連野の中程で牛を休ませ、無坂らは餅を焼いた。餅の焦げるにおいが、あるかなしかの風に乗り、漂う。盗賊や黒い影に肝を潰しそうになったのが嘘のように長閑だった。無事に行を終えられるような気がした。しかし、終えたら、やることがあった。久津輪衆を訪ね、本当に山を下りるのか、問わねばならない。

山の暮らししか知らない者が里に下りて、上手くやれるのか。美鈴は、三十五歳になる。里の暮らしに慣れるには、歳を取り過ぎていた。

「行くべえ」

茂助の声で我に返り、立ち上がった。金時たちも道端の草を食い飽きたのか、ぼんやりと空を見ていた。

宇連野を通り、川を渡り、山裾を行くと阿蔵に出る。そこから峠を越えたところが、梨野だった。全三戸の家に《わた屋》の荷だと挨拶をし、集落の外れで露宿の用意を始めた。

何もないが、と集落の者が干した川魚などを差し入れてくれる。お返しにと、茂助が一摑みの塩を与えている。

山犬の気配もなく、静かに夜は更け、朝となった。雑炊の鍋を皆で囲み、餅を焼き、出立となった。ここから二里半歩けば、足助である。

川沿いの道を行き、山に分け入り、上り下りを繰り返して、再び川の畔に出たところで休みを取った。

「いろいろあったけんども、助かったわ」

茂助が餅を食べながら大声で言い、作次と耕六が応えた。

「でも、あの黒いのは、おっかなかったよな。おら、二度と御免だぁ」

「おらもだ」作次と耕六が声を合わせた。

「また出るのかな？」

茂助が訊いた。

「山が血を吸う限り影は生まれるでしょうし、戦が続く限り、心の荒んだ者が盗賊になるのでしょうね」

「嫌だな」

「戦に関わらずに生きられたらよいのですがね」

歩き始めて一刻程した時に、前方に真弓山が見えた。山の向こうは足助である。戻ったのだ。山刀と鉄鍋と塩をもらったら、直ちに足助を発とう。無坂の心を読んだのか、

「もう直ぐだぁぞ」

茂助が金時に囁いている。金時が耳をぱたぱたさせて応えている。

「金時は、分かっていますね」

「そら、おらより頭いいんだかんな」

思わず笑おうとした無坂の耳が、風を切る音を捕らえた。反射的に茂助を突き飛ばし、身を竦めた無坂の肩先に飛礫が当たった。

「うっ」

体勢を崩した無坂の前方に、男が現れた。縁から黒い布を垂らした菅笠を被っている。また、か。後ろにも現れたらしい。五平次と勘左が荒々しい声を上げている。

「金時を」

「おうよ」這いつくばっていた茂助が、跳ねるようにして立ち上がり、金時たちを道から追い立てた。

男が無坂に迫った。刃が光の筋となり、縦に、横に、と空を斬り裂いた。手槍で受けたが、刃の動きが速い。無坂の目には光の筋にしか見えない。強い。噴き出した汗が、背を伝って流れた。

「どうした？　怖気付いたか」

行くぞ。男が身を屈めた。

無坂は、手槍を突き立てた。山刀が手槍を払った。払う度に杖が削られ、木片が飛んだ。山刀をまともに杖で受ければ、真っぷたつに斬られてしまうだろう。突きの速度が鈍った。手槍と山刀の刃が嚙み合った。

どうするか。迷いを見せた瞬間、山刀が杖の上を嘗めるように走った。呼吸半分逃げるのが遅ければ、杖を握り締めていた無坂の指は斬り飛ばされていただろう。指先を刃風がかすめ、通り過ぎた。

「二度も逃げられると思うなよ」

宙に跳ねた男が、飛び降り様に山刀を無坂に叩き付けてきた。足を引いた。二の太刀が追い、三の太刀が更に無坂を追った。無坂の足が、石に当たり止まった。

男は大きく吸った息を止めると、唇の端を吊り上げ、前のめりになって無坂の胸許に飛び込んできた。男の山刀が伸び、手槍を跳ね上げた。手槍が無坂の手を離れ、藪の中に飛んだ。茂助の祈る声が耳に届いた。

「死ね」

男が勝ち誇ったように、山刀を突き出しながら足を大きく前に送った。その足幅は無坂が後ろに逃げると見込んでのものだった。常よりも足の幅ひとつ、広く取った。しかし無坂には、下がろうという思いは最初からなかった。このふたりの思惑の違いが、勝負の分かれ目であった。男は、ぶつかるように間合の中に踏み込んだ無坂から身を引き離そうとしたが、広がり過ぎた足が動きを鈍らせた。

「ぬっ」黒い布の裏で、男が吠えた。

無坂が、長鉈を振るった。慌ててかわした男は、腕を窮屈に折り畳んで山刀を突き立てた。山刀が無坂の胸を抉ろうとした寸前、無坂の長鉈が唸りを生じて、戻ってきた。長鉈の峰が男の頭蓋を捕らえた。ぐしゃりという鈍い音を立て、男がその場に崩れ落ちた。黒い布が捲れ、割れた頭蓋から脳漿《のうしょう》が流れ出ている。

ああ。腰を抜かした茂助が、間延びした声を上げた。

「やったぁど」

声を聞き付けた残りの男の動きが、止まった。凍り付いたのだ。その瞬間を狙い、五平次と勘左の手槍が男どもの腹を貫いた。夥しい血を口から吐き出して、男どもが地に落ちた。

「せねばよかった……。深追いは、禁じられていたのに……」

「どこの者だ?」五平次が男の耳許で叫んだ。

男は口許を歪めるようにして笑うと、血の塊を吐き出して事切れた。

駆け付けた無坂に、五平次が男の今際《いまわ》の際《きわ》の言葉を伝えた。無坂は男どもの顔を見、持ち物を調べながら、怪我をしていないか訊いた。

「尻っぺたに飛礫を受けましたが、何ともありません」

「俺も肩先にぶつけられたが、大丈夫だ」

こっちのを埋めてくれ。俺は向こうのを埋める。戻って、脳漿を流して息絶えている男の顎を見た。刀傷があった。間違いなく、かしやげ峠で襲って来た男だった。懐を探り、持ち物を調べた。身性《みじよう》を明かすようなものは、何も持っていなかったが、布に包まれた黄楊《つげ》の櫛があった。のがみ、と彫られていた。女房か縁者の者の名なのだろう。

そのような者がいるのに、なにゆえ盗賊などになったのか。働けばよいではないか。どうして利を得るに、易きに走ったのだ。

その時、五平次に教えられたもうひとりの男の最期の言葉に思いが至った。禁じられていたのに。

此奴らは、五人だけではない。深追いを禁じた者どもが、他にいるのだ。

深い山を見回した。静まり返っている。無坂は、長鉈を地面に打ち付けた。

# 第三章　諏訪

# 一

足助を早朝に発った無坂らは、三日目には天龍川を渡り、秋葉街道を走っていた。

――これは茂助たちにも言っておいたんだけどもね、済まないけど、盗賊をお前さんたちが、つまりね、《わた屋》の雇った護送の者が退治したと、吹聴しないでほしいんだよ。逆恨みが怖いからね。

番頭の伊兵衛からくどく言われたことだった。無坂らにしても、逆恨みは願い下げだった。

――今回のお礼にね、鉄鍋をひとつ余計に付けるからね。塩もいつもの倍にしといたからね。

十日ばかりの一度の護送の稼ぎとしては極上のものだったが、五平次にしても勘左にしても、人を殺したのは初めてのことだった。手槍を刺せば血が流れ、絶命するところは鹿と同じでも、人と鹿は違う。気を遣いながらの戻りとなったが、五平次も勘左も行きの道中と変わりはなかった。

そんなものか、と気抜けしはしたが、己を振り返って見ると、《戦働き》の最中、敵兵と出会《でくわ》し、手槍で腹を抉り殺したのだが、至るところで殺しが行われていたので、罪悪感も高揚感もなく、己が無事であったことに安堵しただけだった。案外同じようなものなのかもしれない、とは思うものの、話がそちらに向かわないようにして帰路を急いだ。

秋葉街道を右に折れ、獣道に入る。ゆるやかな上り坂を行く。木暮の集落からは下り坂になるので約半刻ほどの道程だが、上りとなると少し余分に掛かる。

息継ぎをし、水を飲み、頭上に掛かる枝葉を払いながら足を運ぶ。

突然草木の丈が低くなった。余所者《よそもの》が来た時に、逸速《いちはや》く気付くようにと伐り倒している原である。

そこに立つと、集落の南に設けた見張り小屋から姿が見えた。無坂らは、原に出るとゆっくりと歩いた。

「叔父貴」見張り小屋から男が飛び出して来た。馬走と駿平の他にもうふたりいた。常ならば見張りはふたりなのだが、倍の人数だった。どうかしたのか。訊く前に馬走が口を開いた。

「そろそろ帰る頃だと、皆で待ってました」顔に笑みがない。張り詰めている。

まさか。嫌な思いが脳裏を掠めた。あの黒い布を垂らした盗賊の一味が現れたのではないだろうな。

「青地《あおち》の大叔父が危ないのです」

四年前に亡くなった女房・千草《ちぐさ》の父だった。大叔父は年を取った叔父貴の呼称で、叔母の場合は大叔母と言った。青地は、無坂からすると義父に当たったが、山の者は義父、義母などとは言わなかった。新たに得た親だから、親父《おやじ》か、お袋か、父《とと》さか、母《かか》さと、実の親と同じ呼び方をした。

「親父に、変わったところはなかったんだが」

《足助働き》に出る前に訪ねた時は顔色もよく、僅か十日ばかりのうちに重篤《じゅうとく》な状態になるようには、とても見えなかった。何かあったのか。訳を訊いた。

「五、六日前、頭が疼くと言っていたようなのですが、三日前突然倒れて、それからは寝ているだけで目を覚まさないのです」

先々代の長と同じだった。確か先々代は、倒れて五日目くらいに亡くなった。

「叔父貴、急いだ方が」馬走が言った。

「行きましょう」五平次が先に立った。

「叔父貴が戻ったと、知らせておきます」

駿平が、見張り小屋の庇《ひさし》に吊り下げられている板木《ばんぎ》を見上げた。音を立てても構わない時は板木を叩き、音を立てたくない時は、集落まで続いている紐を引いて鳴子を鳴らすことになっている。紐は、苧麻《からむし》の皮から繊維を採り、編んだものを使った。

　半町程の道を駆け、木戸を抜け、集落に着いた時には、音を聞き付けた者たちが集まっていた。倅の龍五《りゅうご》と、娘の若菜《わかな》と水木《みずき》の姿が、長の羽鳥とともにあった。

「まずは、大叔父を見舞ってやれ」と、羽鳥が言った。

　無坂は、五平次と勘左に、《わた屋》から頂戴した山刀などを長に渡すように言い、龍五に訊いた。

「様子は？」

「眠ったままで、声を掛けても起きないんです」龍五は、無坂が十八の時の子で、二十歳になる。龍五が十五歳の時、ふたりで美鈴のいる久津輪衆の集落を訪ねたことがあったが、足が速く、山道の覚えもよかった。互いの十五歳の時を比べると、俺より優れていると内心思っていたが、龍五には話していない。

「時々瞼の裏がぴくぴくって動くだけで、後は鼾掻《いびきか》いて寝てる」若菜が言い、水木が頷いた。若菜は十六、水木は十四になる。

　青地は、湯に近い、集落の者が大部屋と呼ぶ、冬期になると五、六家族が共同で住む小屋に移されていた。

　薬湯のにおいが、小屋に籠もっている。薬草に詳しい大叔母のヒミが煎じたものらしい。ヒミと長の女房の多岐《たき》を中心にして、大叔父や大叔母らが、寝莫蓙の上で仰向けになっている青地を取り囲んでいた。

　無坂を見て、輪が割れた。

「先々代と同じじゃ」とヒミが言った。「木の皮や草の汁でどうなると言うものではねえ。治らん。送る用意をせねば、な」

「親父」無坂が青地の耳許で大きな声を上げたが、表情に変化はなかった。

「足助の報告《はなし》は終えたのか」多岐が訊いた。まだだと答えた。「看ていてやる。こっちはヒミの大叔母がいるから大丈夫だ。話してこい」

　多岐とヒミと龍五たちに任せ、長の小屋に向かった。

　長の小屋は、湯小屋と食料蔵の側にあった。長になると、代々そこに住むことになっていた。

　小屋の前で名乗り、戸を開けた。五平次と勘左が話し終えたところなのか、長と三人の小頭が組んでいた腕を解き、上がるようにと言った。

「話は聞いた。盗賊が出たらしいな」羽鳥が言った。

「山の者かもしれないという話だが」火虫だった。火虫は室津と同い年で、四十四歳を数えていた。「こっちにも、えらいことが起こった」

　無坂が問おうとした時、志戸呂がぐいと膝を乗り出してきた。

「宍戸《ししど》の集落が襲われたのだ。皆殺しらしい」一年前になる、と志戸呂が言い足した。

「大長《おおおさ》からの知らせで知ったのだ」

大長は、山の者の長が二年に一度集まる《集《つど》い》で決められる任期四年の役職で、長の中の長だった。今は、伊勢湾に注ぐ揖斐川《いびがわ》の源・冠山《かんむりやま》近くに集落を構える揖斐衆の長が務めている。その《集い》が開かれるのは、来年の四月だった。

大長が決まると、連絡のルートも決められ、大長から各地の連絡の基点になる集落に知らせが行き、そこから個々の集落へ人が走ることになる。大長への知らせは、その逆のルートで届けられる。大長からの知らせは、無坂が足助に出向いている時に届いたのだった。

「一年前とは、どういうことだ?」

「娘を嫁がせていた美濃の赤河衆《あかがわしゅう》の者が訪ねたが、人っ子ひとりいない。どうしたのかと探してみると、妙に土盛りしてあるところがある。掘ってみたら、死骸が埋められていた。娘もか、と死骸をすべて掘り出すと、皆骨になっていたらしい」

「ひとり残らずだったのか」

「という話だ」

宍戸衆は、飛驒と木曾の間で渡りを繰り返す、総勢三十人足らずの小さな集落だった。

他の集落との交渉が少ないことが、発見を遅らせたのだろう。

「誰がやったのか、分からないのですか」

「まだ分かっていないが、里の者ではないと見ている」羽鳥が言った。「殺して埋めた。それから約一年、赤河衆が訪ねる一月程前まで、宍戸衆の集落で暮らしていたらしいのだ。囲炉裏の灰の固まり具合とか、菜の枯れ具合からすると、そうとしか思えない」

「里の者では、飛騨の山の中で冬を越すことは出来ないからな」火虫が言った。

「どうやら山の者の中に、とんでもない盗賊が出てきたようだ。お前らが出会したのも、そんな奴どもかもしれんぞ」室津が、顎をさすった。

南の見張りの人数が倍になっていたのは、盗賊を警戒してのことかと、無坂は合点した。

「しかし、どうして宍戸衆は襲われたのでしょう？」火虫が、羽鳥に訊いた。

宍戸衆は格別に豊かな集落ではなかった。獣を狩り、木の実を採り、薬草を摘む、ごく普通の山の者であった。皆殺しにしてまで奪うものは持ち合わせていそうもない。

「今考えられるのは、己らの塒《ねぐら》にするためかもしれん、ということだ」

「渡りの途中、集落を奪ったと？」志戸呂が問うた。

「かもしれんという話だ」羽鳥が無坂に尋ねた。「盗賊の持ち物を調べたそうだが、身性を明かすようなものは持っていなかったらしいな」

盗賊が山刀をナガタと呼んでいたことを話した。

「聞き覚えは？」

誰にもなかった。

「大叔父たちに訊いてみたらどうだろう？」志戸呂が言った。

大部屋に走った五平次と勘左が、戻ってきた。

「北の方の者ではないかと、小杉《こすぎ》の大叔父が言っていました」五平次が言った。「北の方には、タシロとか、ナガサと呼ばれる山刀とも鉈ともつかないものがあるとか」

「青地の大叔父なら知っているかもしれないとも、マブチの大叔父が」勘左が言った。

「青地の大叔父が、どうして？」室津が勘左に訊いた。

勘左は、そこまでは聞かなかったらしい。無坂が答えた。

「青地の親父は、腰が据《す》わらないというのか、よく集落から抜け出していたそうなんです。特に若い頃がひどく、五日くらいで戻ることもあれば、一月、半年、長い時は一年くらい、帰ってこないことがあったようです。時の長たちがこっぴどく叱ると、当座はおとなしくなる。落ち着いたかな、と思った頃、またふらっといなくなる。時には随分遠くまで行っていたとか、そんな話を聞いたことがあります」

「そこまでひどかったのか。知らなかったな」室津が志戸呂に言った。

「俺は無坂から聞いていたので、この大叔父には勝てねえ、と思っていました」

「長は？」

「ぼろぼろになって戻ってきたところを見たことがある。俺が十かそこらの頃だ」

羽鳥は今年で五十二歳だから、四十年ばかり昔のことになる。

「序でだから言っておくが、真似だけはしてくれるなよ」羽鳥は無坂らを見回すと、よし、と言った。「今日の話は、これまでだ。大叔父に付いていてやるがいい。俺たちまで行くと、騒々しくなるからな、ここにいる」

礼をし、立ち上がろうとした無坂を羽鳥が呼び止めた。

「五平次から聞いた。美鈴のことが気になるだろうが、久津輪衆のことは、この後だ」

「何も心配するこたねえぞ。青地よぉ。千草がな、おめの娘の千草が、迎えに来てくれるからな」

ヒミの声だった。大部屋の外にまで聞こえている。

「千草は、賢い子ぉじゃったからな。安心して手ぇ引いてもらえよ」

「サダも来てくれるぞ」多岐が言っている。サダは、青地の女房で千草の母に当たる。つまり、無坂の義母だった。

「他にも来てくれるぞ。千草とサダの周りをよく見るんだ。時治《ときじ》と四郎《しろう》の叔父貴に、アゲハと花巻《はなまき》の叔母も、必ずいてくれるからな」

「そんだけで、ねえぞ。まだまだ来てくれるだぞ」聞き覚えのない名が、大叔父と大叔母の口から次々と出ている。

時治も、四郎も、アゲハも、花巻も、青地の実の二親と義理の二親で、この辺りまでは無坂も聞き知っていたが、その後の名には覚えがなかった。木暮衆には、死ぬと先にあの世に行った者たちが、皆でこの世とあの世の境まで迎えに来てくれるという言い伝えがあった。そこで、死んであの世に行く青地に、皆の名を思い出させ、心構えをさせようと、耳許で名を挙げているのだ。自分が青地の立場になった時も、同じように耳許で言われるのだろう。それが遠い先なのか、それとも間近のことなのか、分からなかったが、もしあの時猿の群れが自分に気付いていたら、黒い影に取り付かれていたら、盗賊に殺されていたらと考えると、俺は幸運であったに過ぎないのだ、と思わずにはいられなかった。

「無坂」多岐に呼ばれた。

息を吸い込んだのだろう、青地の胸が持ち上がり、そのまま静止した。ヒミが、ぽかりと開いている青地の口許に手を翳《かざ》した。皆がヒミを見た。ヒミが首を横に振った。大叔母らから泣き声が上がった。

「千草、サダ、大叔父を頼んだからね。しっかり連れてっとくれよ」多岐が叫んだ。

青地の閉じられた瞼から涙が一雫こぼれ、耳に落ちた。

「返事をしたよ」多岐が言った。青地を囲んでいた大叔父や大叔母たちからどよめきが起こった。

無坂は龍五に、長に知らせるよう言った。龍五が大部屋を飛び出した。

弔いに訪れた者が一段落したのは、日もとっぷりと暮れた頃合だった。無坂らの次の世代の者たちが、《親》の死を悼みに来たのである。

これは他の集落でも行われていることだが、木暮衆にも《寝屋子《ねやこ》の制度》があった。男は十五、女は十三になると、夕餉の後、実の親と暮らす小屋を出、他家に行き、朝餉を終えるまで過ごすのである。多い時で五、六人が一軒の小屋に集まり、一年ごとに小屋を変えた。訪れる子を寝屋子と言い、迎える大人を寝屋親と呼んだ。これは、他家で暮らすことにより、甘えに陥らず、礼儀を覚えることと、同じ年頃の者と規律ある暮らしをすることで、後の行《こう》の訓練とするためだった。寝屋子をいつ止めるかには決まりはなかったが、婚姻により独立するので、だいたいは二十歳前後までだった。

青地は、三十代の後半から五十代まで寝屋親をしていた。ふらっといなくなった時期もあったが、寝屋子として預かった子は、延べ五十人以上にはなるだろう。その数は、青地に限らず、どこの寝屋親も似たようなものだった。ただ無坂だけは、《山彦働き》で小屋を空けていることが多かったため、女房の千草が面倒を見られる女の寝屋子ばかりであった。

青地の亡骸は、集落から離れた山の中腹にある墓所に葬られることになった。渡りをしていた時は、何度も墓参りに訪れることが出来ないので、葬るための埋め墓と墓参りをするための参り墓のふたつの墓を作っていた。その名残で、今もふたつの墓を建てている。だが、参り墓と言っても名ばかりで、集落の中の一軒に、髪と爪を納めた竹筒を安置するだけのものだった。

通夜の翌朝、無坂と寝屋子を代表して数名の者が、埋め墓に亡骸を運んだ。

墓標は、故人が生前に使っていた杖に名を刻んだものだった。杖は風雨に打たれ、数年で朽ちるが、青地の名は、寝屋子の誰かの子に与えられることで、これからも生きながらえることになる。無坂の名も、そうして名付けられたもので、無坂が聞いているだけで先にふたり、無坂と名乗る者がいた。ひとりは火虫の祖父の兄で、火の玉に追い掛け回されたという逸話を持つ男であり、もうひとりはヒミの祖父で、熊と戦い、頭を吹っ飛ばされて果てた男だった。

――《嶽神》ではなかったのか、と訊いてヒミに怒られた覚えがある。

――その呼び名を、どこで聞いた？

寝屋子の仲間からだった。

――《嶽神》などと、軽々しく言うでねえぞ。《嶽神》はな、知力と技に長けているだけでなく、心根はあくまで清く、出会うた者は皆、その心根に打たれるという山の神に選ばれた者でな、滅多に現れるもんじゃねえ。お前もそう呼ばれたかったら、人の二倍も、三倍も、四倍も精進するこった。

まだ十二か十三の頃だった。ヒミの言葉が、今も耳に残っている。

葬儀の翌朝、無坂は《足助働き》で得た鉄鍋を土産に、久津輪衆を訪ねるため集落を後にした。

久し振りに会うのに、手ぶらでは愛想がねえってもんだ。なあに、お前が己の裁量で余分に稼いできたものだ。遠慮はなしだ。

その上、誰か付けようという長の申し出を、盗賊のことがあるから、と頑なに固辞し、ひとりの行にした。若菜と水木が、蕎麦餅を焼いて持たせてくれた。

## 二

久津輪衆の集落は、木曾と伊奈を結ぶ、後に権兵衛峠と呼ばれる鍋懸峠《なべかけとうげ》の南にあった。木暮の集落からは、秋葉街道を行き、市野瀬峠を越して中沢峠に出る。そこで西に折れ、菅沼村で天龍川を渡り、伊奈街道に抜ける。宮田《みやだ》の宿を過ぎた辺りから山裾を走り、小沢川沿いに峠へと向かう。これが最短の道だった。

まだ里に下りずに、いてくれるとよいが。

それだけを念じながら、両側に迫る山肌の間を縫うように走った。ひとりである。藪から何が飛び出してくるか、分からない。杖に山刀を装着し、手槍にして藪を払い、地を蹴り、跳ね、足を急がせた。

乱れた息を歩きながら整え、また走りに入る。葉が、枝が、木が後ろに飛び、草が、地が、岩が足裏を勢いよく流れる。市野瀬峠を越え、中沢峠を過ぎ、日を見上げる。日を追えば天龍に行き当たる。山刀と長鉈の鞘が腰で騒ぎ、背負子に括り付けた鉄鍋が躍る。気持ちのいい走りだった。誰に合わせるのでもない、己の呼気に合わせ、足を出す。それが、ひとり行のよさだった。

歩きながら蕎麦餅を食べ、水を飲み、腹が収まったところで足の速度を上げる。

――兄さ。

葉擦れの音が、美鈴の声に聞こえた。

――叔父貴。

美鈴の亭主・瀬名《せな》の声だった。照れもあったのだろうが、瀬名は無坂を兄さと呼ばずに叔父貴と呼び、それを無坂らが黙認したことで、習いとなっていた。瀬名は、久津輪衆の当代の長・萱野《かやの》の次男で、無坂のひとつ下の三十七になる。長男が生後直ぐに没したため、跡取りとして育てられていた。

二十年前、十五の美鈴を一目で気に入り、何としても倅の嫁にと懇願したのは、萱野であった。木暮衆も久津輪衆も渡りをしている頃のことで、他の集落に嫁ぐことは生涯二度と会えないと覚悟しなければならなかった。

――それでもいいのか。父さが、母さが、無坂が訊いた。

――嫌だったら逃げてくるから、木印《きじるし》を付けておいてください。

これと約束した木に、どちらに向かって渡ったか、彫って知らせる。それが木印だった。

――嫁に行く前から何を言うか。戻ることは、決して許さんぞ。

父さは美鈴にきつく言い放った後、山桜がいいぞ、と無坂にこっそりと言った。雪解けを待って逃げたとすると、山桜は目立つ。それが理由だった。

しかし美鈴は、山桜を目印に木暮の集落を追うことはなかった。十七の春に嫁いで十八年、つつがなく暮らしていた。この十八年に三度、美鈴の集落を訪ねたことがあった。二度は働きに出た途次に立ち寄ったもので、一度は五年前、十五歳になった倅の龍五を伴ってのものだった。僅かな滞在でしかなかったが、美鈴が集落に馴染んでいることは容易に見て取れた。

無坂は菅沼村の漁師の舟で天龍川を渡って赤須《あかず》に抜けると、上穂《うわぶ》にある久津輪衆の居付き・多兵衛の家に向かった。詳しい話を聞くためである。しかし、家の戸は固く閉ざされており、人が暮らしている気配はなかった。近くには人家もない。仕方なく歩き出したところで、薪を背負った老人と出会った。多兵衛について尋ねると、一月程前に急な病で死んでいることが分かった。多兵衛の女房子供は疾うに亡くなっている。久津輪の集落に行って訊くしかない。老人に礼を言い、無坂は天龍川に注ぐ大田切《おおたぎり》川を越え、宮田に入った。日は既に西に傾いていた。

今日は、こんなところか。

無坂は、宮田の外れに露宿の草庵を建てることにした。草庵と言っても、ひとりで寝るだけである。簡単なものをとも思ったが、西から流れてくる厚く重い雲が気になった。雨に備え、床は刈った枝を敷き渡して草を乗せた上に寝茣蓙を敷くことにした。多少の降りならば、雨水は枝の下を流れてくれるだろう。屋根に当たる部分は、手間を省き、立てた背負子を支柱にして渋紙を被せ、枝と石で押さえただけのものにした。夜露を凌げればよいのだ。ここに寝るのは一晩だけである。

草庵の作りを終え、夕餉の仕度に掛かった。鉄鍋で蕎麦の実の雑炊を作り、宮田の宿の賑わいを余所《よそ》に聞きながら食べた。音が地を這うようにして伝わってくる。雨になる兆しであった。蕎麦の実を嚙みながら、屋根をもう少ししっかりとしたものにするか、とも迷ったが、止めておいた。朝には発つのである。雨だとしても、たかが知れている。

どこかで、女の笑い声がした。草庵の近くで起きたものではなかった。辺りに人の気配はない。無坂は宿の方に目を遣った。遠いところの声が、何かの拍子に近くで聞こえることがある。あれか。山では、よくあることだった。

ふいに、小見の方と小夜姫の面影が脳裏をよぎった。

どうしておられるのだろうか。

小夜姫は、既に武田の躑躅ヶ崎館《つつじがさきやかた》に移っているはずだった。これからどれだけの歳月を、あの華奢なお身体で人質として生きるのか。

華やかな彩りもなく、飛ぶこともせぬ。ただ、見付からぬよう、我が身を隠している……。

竹節虫《ななふし》を見ながら呟くように言った小夜姫の声が耳朶《じだ》に甦ってきた。武家の女子の生き方と、美鈴の生き方を比べている己がいた。

何が幸せかは、分からぬものよな。

鍋の底を浚《さら》うようにして食べると、焚き火の火種を残して、無坂は眠りに就いた。

明日はまた走らねばならない。


夜の明ける前、渋紙を激しく叩く雨音で目が覚めた。雨水が、音を立てて床の枝の間を流れている。竈を見た。焚き火の跡は水に沈んでいた。宮田の宿の方を見た。雨に白く閉ざされている。予想以上の降りだった。

こんなことならば、もっとしっかりと草庵を作っておくべきだった。そう傾こうとする心を捻伏《ねじふ》せ、考えた末だ、と自らに言い聞かせた。

待っていれば、止む。

動けないとなれば、徒《いたずら》に焦るのは禁物だった。腹ごしらえをすることにした。火は使えない。手足を縮め、雨を見ながら燻した鹿肉を齧った。

いつの間に眠ってしまったのか、雀の鳴き声で再び目が覚めた。雨は小降りになっていた。草庵から這い出し、西の空を見上げた。山も空も雲に覆われていたが、空に明るみがあった。

行くか。自らに言い、草庵を片付けた。渋紙の雨粒を払い、背負子の籠に入れ、自身は渋紙を縫い込んだ引き回しを背負子の上から羽織った。

道が雨でぬかるんでいる。足を取られないように歩幅を狭めた。

宮田を通り、ひたすら歩き、小沢川の畔に着いた頃には雨は上がっていた。引き回しを籠に収め、身軽になって川に沿い西に折れた。道は山に分け入るに従い、上り坂になってゆく。

鍋懸峠に至る道は、大きく分けるとふたつある。伊奈と木曾の里の者が行き来する細く荒れた獣道のような道と、山の者が通る道なき道である。獣道は谷をぐるりと迂回して経ヶ岳の山麓に分け入る分、道なき道よりも遠回りになった。道なき道は、西なら西へと真っ直ぐに進んでしまうのである。無坂は、久津輪衆に教えられている道なき道に入った。

崖を登り、尾根に出る。岩を伝い、飛び降り、またよじ登る。牛馬を連れては通れない道だった。

岩棚に出た。腰を下ろし、水を飲み、流れる汗を拭う。目の前に伊奈の里が広がっている。帯のように光っているのは天龍である。更に遠くを望んだ。高遠が霞んで見える。

後年、その高遠の城の天守に、城主となった小夜姫の遺児と上り、鍋懸峠を遠望することになろうとは、夢にも思っていない無坂だった。

竹筒に栓をし、立ち上がった。後一息で鍋懸峠である。久津輪衆の集落に行くためには、そこから更に小半刻、藪をしごかなければならない。

足裏で岩を蹴った。岩陰に咲いていた紫色の小さな花が、木曾から吹いてきた湿った風に震えて揺れた。

鍋懸峠を越え、少し下ったところで峠道を南に折れた。昨夜の雨は峠のこちら側では降らなかったのか、地面は乾いていた。藪に入った。繁くはないが、時折人が通るため、下草が踏まれ、丈が低くなっている獣道があった。無坂は迷わず獣道に踏み込んだ。きつい下りを重ねた先の地面が濡れていた。猪などが泥浴びをするぬた場だった。壁蝨《だに》が落ちているかもしれない。遠回りして、また獣道を行く。

チッチッチッ。鳥の鳴き声がした。山の者がよく使う鳴き真似である。久津輪衆の見張りが、無坂に気付いたのだ。

無坂も指を銜え、鳴き真似を返す。

止まれ。鳴き声が言った。

右脇の藪の奥で人の気配がした次の瞬間、左の藪が割れて男が現れた。男の顔が弾けた。

「無坂ではないか」

吉刈《よしかり》だった。久津輪衆は三つの組に分かれていて、その三の組を預かる小頭である。小頭の中では最年長の四十五歳であるにも拘わらず、自ら見張りの任に就くところが、吉刈らしいところだった。

「突然来るってことは、もう伝わったのか」

「聞きました。本当なのですか」

「答えたいのだが、俺の口から先に言う訳にはいかんからな。長から聞いてくれ」

吉刈は見張りの若い衆に後を任せ、先に立って獣道を歩き始めた。

「美鈴は、元気だぞ。若いのを顎で使っている」

「迷惑を掛けてはいないでしょうね」

「そのようなことはないが」と言って吉刈が笑った。「あしの兄さは、ひとりで熊を退治した、と二言目には兄自慢するのには、困っている」

無坂が十九の時の話だった。美鈴は十六。目をギラギラと輝かせて、無坂と肉の塊になった熊を見比べていた。

獣道が尽き、丸く拓けた原に出た。古木が倒れ、原になったものである。原からは、踏み固められた道が集落まで続いている。

柵を開ける音に気付いた子供らが駆け寄ってきた。遠巻きにして、無坂を見ている。子供の数が昔程はいない。大叔父や大叔母から読み書きを習っているのか、畑仕事を手伝いに出掛けているのか。吉刈は足許にいた子の頭を撫でると、長の小屋に向かった。

長の小屋の戸が開いており、奥で人が動いているのが見えた。萱野だった。萱野の動きが止まり、無坂の方を見ている。

無坂だと気付いたらしい。萱野は五十五歳になる。目の力が衰えてきたのだろう。

無坂は声に出して名乗り、無沙汰を詫びた。

「《足助働き》を断ったのだ。そのうちに知られると思っていたが、早かったな」小頭を集めてくれ。吉刈に命じ、無坂に小屋に上がるよう言った。「女どもは畑に行っている。戻る前に話してしまおう」

「山を下りる。これは、ここにいる者だけで決めたことではない。集落の総意なのだ」

一の組の瀬名が、四十歳になる二の組の弥八《やはち》が、それに吉刈が頷いた。

「里で上手くやれると思いますか。居付きの者たちの苦労を知っているでしょう。半ば村八分の目に遇っている者がどれだけいるか」

「聞いているし、見てもいる」吉刈が言った。

「若い者が里の者と恋仲になり、殺されたこともありました」瀬名が言った。

「そこに、この人数で下りたら、どうなるか。考えただけでも、分かるでしょう？」

「無坂よ、今木暮衆は何人いる？」萱野が言った。

「七十二人になります」

「久津輪は四十五人だ。大叔父が三人、大叔母が五人、十五から六十までの男が十六人、女が十二人、十五にならない子供が九人。それだけだ。分かるか。子供の数が足らんのだ。このままでは先細りになり、遠からずこの集落は、潰れる」

「叔父貴」と瀬名が無坂に言った。「俺の兄さは、生まれて直ぐ死んだ。俺の子、つまり叔父貴の甥っ子も、そうだ。長男は十日と保たなかった。どうしてだか、子はひとりか、多くてふたりしか育たなくなってしまったのです」

「昔は、渡りの最中に産気づき、生んだ子を抱えて渡ったなどという話もあったが、今となっては耳にしたくとも聞けない、余所《よそ》の話だ。女も男も柔《やわ》になったのかどうかは知らんが、とにかく人数が増えんのだ」吉刈が、萱野を見た。

「そんな時に、思ってもみなかった話が舞い込んできたのだ」萱野が言った。「相手は、誰だと思う？」

高遠信濃守様だ、萱野が興奮した面持ちで言った。信濃守とは、諏訪総領家の当主・諏訪頼重と同族の、高遠城の城主・高遠頼継のことである。

「高遠が人集めをしているという噂を聞いたので、《足助働き》などと違い、益が多いですからね、《戦働き》の時の伝《つて》を頼って、また荷運びなどの手伝いは出来ないかと小荷駄奉行様にお伺いを立てたところ、どう話が伝わったのか、いっそのこと高遠のために働かぬかという話になったのです」瀬名がまくし立てた。

「今後も山城相手の戦いは続くだろう。その時に山の者程頼りになる者はいないと仰せになったのです」弥八が言った。

「山の者は、伊奈《しの》を始めとして信濃の山を知り尽くしているばかりか、薬草に詳しいこと、医僧を凌ぐ。また走るに速く、使い番としてこの上ない者である。そうまで言われ、どうだ？　と訊かれたのだ。初めは荷駄を受け持つことになるが、いずれ手柄を立てれば、それ相応の処遇もいたす。高遠家のために力を貸してはくれぬか、とな」

萱野が嬉しげに顎を擦った。

「腹を括ったのですね」

「千載一遇の好機と思っている」

「里に下りれば、嫌でも里の者の中に入らねばなりません。上手くやってゆけるかと案じていたのですが」

「それは儂らも考えた。そこでな、皆で一度に下りるのではなく、儂ら男衆の中から十二人を選んで下りることにしたのだ。女子供と大叔父大叔母は、儂らが屋敷をもらうまでは、ここで待っていてもらうのだ」

「冬の備えなどは、出来るのですか」

「男衆が四人と大叔父がいてくれる。それに戦のない時は、何人か戻せば、何とかなるわい」

「先鋒や殿《しんがり》の兵にさせられたら、命はいくつあっても足りませんが」

「それでも、だ。里の者を取り込んで、久津輪の衆を増やすのだ」

小頭の三人が一斉に頷いた。萱野が勝ち誇ったように無坂を見た。

「高遠氏が、戦う相手というのは？」

言いながら無坂は、一月前上原村の村外れで夜中に見た三つの人影のことを考えていた。夜陰に紛れて、諏訪から甲斐に向かって走っていた。

「それは武田に決まっているでしょう」瀬名が言った。

「信虎のいない武田は、牙のない虎。戦を仕掛けるなら、まさに今ですからな」弥八が、もし己ならばいつ攻めるか、と瀬名に訊いた。六月か、七月か。

「諏訪の総力を集めねばならんから、早くて六月の下旬でしょうか」

「よいところだ」腕が鳴りますな、と弥八が吉刈に言った。「我らの働きを、信濃守様の目に焼き付けてくれましょう」

「浮かれるのは禁物だぞ。晴信は、あの信虎を追った男だ。簡単に倒せるとは、俺には思えんぞ」萱野が言った。

「何を気弱な。叔父貴はどう思われます？」瀬名が無坂に訊いた。

「里方の戦いは、裏切りで決まる。蓋を開けてみないと、どう転ぶか分からんな」

不満なのだろう、瀬名の口許が歪んだ。そのような表情を、軽々に見せる男ではなかったはずだった。いつの間にか身に付けてしまったのかもしれない。

子供らの足音が集落を横切った。山の畑のある方向に、歓声を上げている。どうやら、女衆が帰ってくる姿が見えたらしい。

「何もないが、今夜は猿酒でも飲んでってくれ」萱野が言った。猿酒は濁酒のことだった。

「分かりました」

そこで改めて鉄鍋を差し出した。遅くなりましたが、土産です。

「これはありがたい。遠慮なく頂戴しよう。助かるわい」

押しいただいた鉄鍋を下ろすのと同時に、小屋の戸が開けられた。

「獲ったぞ。あしがひとりで獲ったんだぞ」

山根《やまね》だった。手に兎の耳を持ち、満面に笑みを浮かべている。五年前の時は龍五の後に付いて山を駆け回っていたが、あの頃は十歳だったから、今は十五になっているはずである。

「叔父貴」丸い目を、大きく見開き、無坂の周りを探している。「龍五の兄さは？」

「今回は連れて来なかった」

「何じゃ、つまらん」

萱野は山根を窘めると、挨拶をして、早く美鈴を呼んでこい、と命じた。

「よう来てくださいました」

ぺこりと頭を下げ、また飛び出して行き、大声で叫んでいる。

「美鈴の姉さ、熊退治の兄さが見えとりますよ。急いで、急いで」

「儂らの留守の間のことだが、長の代行を美鈴に任そうと思うが、どうだろう？」

「於富《おとみ》の叔母がいなさるではないですか」萱野の女房、つまり美鈴の姑に当たる。

「於富は、その任ではない。本人も分かっているし、儂らもそう思っている」

「美鈴は、何と？」

「やれと言うならやる、と答えおったわ」

無坂が思わず苦笑していると、駆け付けてきた足音が、戸の入り口で止まった。

「母さ。早く、早く」

「兄さ」

五年振りに聞く甥の草次郎《そうじろう》と美鈴の声だった。草次郎は十六歳。いい若い衆になっているはずだった。無坂は勢いよく立ち上がった。

## 三

翌朝、せめてもう一日、と引き留める美鈴と、今度は龍五の兄さを連れて来てくれ、と詰め寄る草次郎と山根を振り切り、無坂は伊奈に下りた。集落に戻る前に、木暮衆の居付き・百太郎《ひやくたろう》に会い、甲斐と諏訪について話を聞きたかったのだ。

百太郎は、五十四歳。九年前に六十八歳の居付きが亡くなった時、豪族の動きの裏を読むことに長けていた百太郎は、俺に向いているから、と自らすすんで居付きになった変わり種だった。伊奈部《いなべ》宿近くの安達篠原《あだしのはら》の外れに、女房の志《し》げと十八になる二番目の倅の日高《ひだか》とともに住み暮らしていた。長男は幼い時に、病で亡くしている。

久津輪の集落からは、天龍を渡り、高遠に向かいながら北に折れればよかった。峠道は下りで、後は平坦な道が続いている。天龍の流れが穏やかで、船頭の舟発ちが早ければ、無坂の足ならば二刻余で着けるところだった。

天龍は諏訪の湖から流れ出している川である。昨日の雨が諏訪に大雨を降らせていると、水嵩《みずかさ》が増してしまうが、その心配は要らなかった。水嵩に変わりはなかった。難なく天龍を舟で渡った無坂は、伊奈部の宿を通り、広大な原に出た。安達篠原である。そこから四半刻程原を北に上ったところに、百太郎の小屋はあった。

「知らせることがあるからって、今朝方集落に行ったよ」志げが言った。

百太郎の足は速い。集落に泊まってくればよいが、日帰りだとすると、のんびりしていたら、用を終え、戻ってしまう。戻るとなると、擦れ違ってしまうかもしれない。志げに百太郎が集落に泊まると言っていたか、尋ねた。

「そこまでは……」

直ちに追おうとしているところに、日高が狩りから帰って来た。

「高遠から《戦働き》の話がきました。それを知らせに出向いたのです」

「他には？」

「高遠を通ると間者と間違われるといけないから、市野瀬峠まで秋葉街道は使わない、とも言っていました」

「俺も避けて行こう」

「それがいいでしょうね」

粟餅をもらい、無坂は小屋を出た。日高が天龍川の支流の三峰《みぶ》川の畔まで送ってくれた。そこから川を渡り、火山《ひやま》峠を越すのだ。峠を越せば、昨日通った菅沼村に出る。

火山峠は、ここが狼煙《のろし》を上げる場所であったところから名付けられた峠で、見晴らしが利いた。

無坂は振り向いて経ヶ岳を目印にして鍋懸峠に目を遣ると、峠を下り始めた。峠の向こうは緩やかな上りだったが、越したこちらは折れ曲がった急な下りが続いた。しかし、無坂にとっては望む道だった。跳ね、空を翔け、瞬く間に距離を稼いだ。

山の端を夕陽が赤く染め始めた頃に、無坂は北の見張り小屋に辿り着いた。歩きながら栗餅を小さく齧りながら食べ、計三刻半（七時間）の道を歩き通したことになる。

見張り小屋に詰めていた義助《ぎすけ》に、百太郎の叔父貴はまだいるか、訊いた。昼過ぎに通った後、通っていないらしい。ということは、まだいる。集落に入り、長の小屋に急いだ。

百太郎の姿があり、小頭の火虫、室津、志戸呂が集まっていた。久津輪衆のことを話してから、百太郎に尋ねた。

「《戦働き》と聞きましたが」

「人を出せ、とよ」

「皆と話したのだが、集落の掟で、大叔父が亡くなり喪に服しているから、と断ろうかと思うのだ。里の戦に駆り出され、若い命を無駄になくしたくないのでな。それでいいか」

否やはなかった。

「相手は武田ですか」無坂が百太郎に訊いた。

「分からんが、武田ではなく、諏訪の総領家じゃねえか、と俺は睨んでいる」

「高遠頼継が諏訪頼重を襲うと？」

「何の不思議もねえだろう。総領家を倒し、己が諏訪一族の総領になろうと考えたとしても」

高遠頼継は、諏訪の総領家と確執のある下社大祝《おおはふり》家の金刺《かなさし》昌春と盛んに行き来しているらしい。これは薬草を卸している問屋から聞いたことだ。百太郎が言った。

「本当か。それはまだ、聞いてなかったぞ」羽鳥が言った。

金刺氏は、当代・頼重の祖父・頼満に永正十五年（一五一八）、大永五年（一五二五）と攻められ、武田信虎の元に逃げ延びたことがあった。

「高遠氏と金刺氏が結び付いたとなると、狙いは諏訪家か」

「甲斐の間者が動き回っています。多分、武田が一枚嚙んでいるのでしょう。金刺とでは危ないと思った頼継が、武田を誘ったのかもしれません」

無坂が上原村の村外れで見た影のことを話した。

「それとは違うだろうが、俺も見た。諏訪から甲斐の方に駆けていた」

「間違いないですね」志戸呂が言った。

「武田と高遠と金刺では、諏訪に勝ち目はないな」火虫だった。

「諏訪方は」と無坂が、百太郎に訊いた。「このことに気付いているのですか」

「日高に上原の城と館を見に行かせたんだが、そんな気配はなかった、と言っていた」

あの倅、そのようなことは曖《おくび》にも出していなかった。

「百太郎も知っているように、無坂は諏訪家の小見の方様に目を掛けていただいている。それと言うのも、小夜姫様の御命をお助けしたことがあるからだ」

今の話を、小見の方様に知らせてやってはどうだ？　羽鳥が言った。

「甲斐の晴信は、諏訪頼重の姫を躑躅ヶ崎館に迎えたばかりです。そのような時に諏訪を攻めるでしょうか」

「晴信は親を駿河に追った男だぞ。あの男にあるのは、信濃を取りたいという欲だけだ。そのためなら何でもする。諏訪を取ったら、伊奈と佐久も攻めるに違いねえ」百太郎が即座に答えた。

「そのことに、高遠方は思い至らないのでしょうか」

「諏訪総領家を乗っ取ることが第一、と思っているのか、欲で見えなくなっているんだろうな」

「どうする？　帰ったところだが、諏訪に走るか」羽鳥が訊いた。

「よろしいでしょうか」

月が改まり、七月に入れば集落の者が総出で行う山焼きの行事があった。一年前の秋に焼畑を行う場所を決め、木を伐り倒し、石を除け、後は天候を見定めて火を放つだけとなっていた。天候を見定めるのは、類焼を防ぐために、晴れた翌日には雨が降ると思われる日を選定しなければならないからだ。七月の上旬に焼き、蕎麦の種を蒔けば、秋には実を収穫出来た。蕎麦は集落にとって貴重な食糧だった。その山焼きに小頭が参加しないのだ。

「直ぐには戻れないかもしれませんが」

「大丈夫だ。外に出ている者はおらん。手は足りているはずだ。羽鳥に合わせ、小頭衆が頷いた。

「ならば、今夜はぐっすりと寝て、明日一緒に走ろう。誰も通ったことのなさそうな塩梅のよい獣道を見付けたんだ」

未踏の道を見付け、導く。山の者の喜びであり、自慢だった。

「遅れるなよ。まだまだ衰えてはいねえからな」百太郎が、自らの足を叩いた。

長の家を辞すと、夕闇の中で龍五らが待っていた。

「お帰りなさい」若菜と水木が声を揃えた。

三人に、明日また諏訪に行くことを伝えた。

「済まんな。いてやれなくて」


無坂は、五間（約九メートル）先を行く百太郎の背を見ながら走った。枝を潜り、朽木を越え、ぬた場を避け、腰を軸に流れるように走っている。木漏れ日が、百太郎の肩先で、背で跳ね、躍っている。

後ろから来る玄三に、よく見ておくように言った。玄三は、何かの時のために、と長の命で付けられていた。

「変わりませんね」無坂は百太郎に声を掛けた。

「変わる程の歳ではないわ」

とは言え、五十四の走りではなかった。若い者のように、膝に柔らかさがあった。

「どうだ？」と百太郎が言った。「羽鳥でも、こうは走れまい」

無坂は、羽鳥と山駆けした時のことを思い返した。以前は、達者な走りを見せていたが、去年岩場で足首を傷めてからは、足を庇うような走りになってしまっていた。

「昔から、駆けさせたら叔父貴の右に出る者はいませんでしたからね」

「お前に問う。山の者にとって一番大切なことは、何だ？」

「山を駆ける力です」

「そうよ。俺は、それが聞きたかったのよ」

百太郎は落合から大曾倉川を遡ると、前方の尾根に向かった。山裾に溶け込むように獣道が続いていた。

「どうだ？」と百太郎が訊いた。

「踏み心地がいいですね」落ち葉が厚く散り敷かれていた。

「俺が見付けたんだ。まだ日高にも話していない」

日高が火山峠越えに口を挟まなかったのは、この道を知らなかったからなのか。合点した無坂を中にして尾根を下った一行は、三峰川へと抜けた。ここで百太郎と別れた無坂と玄三は、原を横切り棚沢川を遡った。更にふたりは、福与《ふくよ》と秋葉街道の藤沢を結ぶ抜け道に出ると、杖突峠を目指した。

「行けるところまで行きましょうか」

「そうだな」

ふと無坂は、玄三の若さが眩しく見えた。

鍋に藤沢川の水を汲み入れ、火に掛けた。鍋底に泡が立ち始めた。蕎麦の実を落とし、煮えたところで味噌を入れる。いつもと変わらぬ簡便な夕餉を終えると、寝茣蓙を敷き、手槍を抱いて、渋紙にくるまって寝た。

星が流れ、雲が行き、梢から梢に小さな獣が渡る。山の夜が、密やかな音に包まれて更けていった。


上原館に着いた無坂と玄三は、門脇の詰所に中井弥左衛門を訪ねた。

「この時期に来るとは初めてだな。何かあったのか」

無坂は、珍しい薬草が手に入ったからと答え、小見の方への目通りを願い出た。

「ちと待っておれ。お伺いを立ててみよう程にな」

弥左衛門は組下の田尻新兵衛を奥へ走らせると、無坂と玄三を火のない囲炉裏の脇に呼んだ。

「其の方に見てもらった、あの一目図だが」

「はい」

「御館様のお目に止まり、えらく褒められてな。今、絵師があれに彩色を施しているところだ」

「それはようございました。誰も思いも付かぬ、素晴らしい一目図にございました」

「そなたに細かなところを見てもろうたお蔭だ。礼を申しておく」

弥左衛門が頭を下げようとしたところに新兵衛が足早に戻ってきた。

「庭先に回るように、と仰せでございます」

「うむ」

儂が案内しよう。弥左衛門は、新兵衛を留めて先に立った。無坂と玄三は、長鉈と山刀を詰所に置き、弥左衛門に従った。木戸門を通り、池の畔を西に回ると、小見の方の居室前に出た。白い玉砂利が敷き詰められている庭先に、膝を突いた。

程なくして衣擦れの音が起こり、頭の上辺りで止まった。

「珍しい薬草と聞いたが」

「はい……」無坂は低頭したまま答えた。

「そなたらが珍しいと申すからには、余程珍しいものなのであろうな？」

「お許しください。薬草は方便にございます」無坂と玄三が額を玉砂利に擦り付けた。

「何？」弥左衛門が尖った声を発した。

小見の方が制したのか、弥左衛門が立てた膝を下ろしている。

「何か特別な用向きでもあるのですか」

「恐れ入りますが、お人払いを」

「申してみよ」

広縁の向こうから声がした。諏訪頼重が、手にした扇子で無坂を指しながら現れた。

小見の方の侍女が隅に下がり、手を突いた。

「事と次第によっては、許さぬぞ」

「叔父貴……」

か細い声を上げた玄三には目もくれず、無坂は目の前の玉砂利を見据えて口を開いた。

「手前どもが山や街道を渡り歩いている間に、不審な者を幾たびか目にいたしました。走り去る方角からして、甲斐の間者ではないかと思われます」

「それで？」頼重が扇子を掌に打ち付けながら言った。

無坂は、高遠頼継が兵を集めていることを頼重に告げ、高遠頼継と武田が結び付き、何か事を起こそうとしている節があると知らせに来た旨、言葉を選びながら話した。

「其の方の申すこと相分かったが、諏訪にも他家の動きに目を配っている者がおる。その者らが何も言って来ぬのは、如何なることか、分かるか」

何もないのだ、と頼重が言った。

「確かに、我が祖父と武田信虎は争うた。だが和睦し、儂は当代・晴信の妹を室に迎え、武田家と縁戚になった。それだけではなく、小夜姫を躑躅ヶ崎館に送りもした。間違うても、武田が攻めてくることはないのだ。案じてくれたこと、嬉しく思うが、儂らへの口出しは無用と心得るがよいぞ」

頼重は弥左衛門に、門まで送るようにと言い、小見の方を促して、奥へと消えた。

「御館様の仰せられた通りだと思うぞ。実の父を追い、国主の座を奪ったと評判の悪い武田晴信が、今ここで妹が嫁いでいる諏訪を襲うたら、鬼畜と呼ばれるは必定。そのような真似は出来ぬであろうよ」

だと、よろしいのですが。無坂は玄三を促して立ち上がった。

諏訪の帰りに安達篠原の百太郎を訪ね、頼重の話を伝えた。得心のゆかない百太郎が、一晩泊まるよう言ったが、無坂は集落へ夜道を駆けると偽り、露宿することにした。休む暇なく動いていた疲れが、俄に足許から這い上がってくるような気がしたのだ。とても話してはいられない。

その夜、

「深く眠りたいので、見張りを頼むぞ」

草庵の見張りを玄三に委ね、無坂は泥のように眠った。

一晩で身体の疲れは随分と軽くなったが、気は晴れなかった。

「思い切り走るか」

「望むところです」

「先に走れ」

若い玄三の背を見て走っているうちに、いつしか己も玄三の歳に戻っているような錯覚に捕らわれていた。


北の見張り小屋を過ぎて、集落の木戸へと向かう途中の藪から、馬走の倅の久六《きゅうろく》と駿平の弟の太平《たへい》が頭から出て来た。ふたりとも輪にした腕に牛尾菜《しおで》と根曲がり竹を抱えている。人の気配に飛び退いた久六が、気配の正体が無坂と玄三と気付き、慌てて「お帰りなさい」と言った。足を踏まれた太平が、顔を顰めながら、同じことを口にした。

「沢山採ったな。えらいぞ」無坂が言うと、ふたりはへへっ、と声に出して笑った。

「今夜食べさせてもらえるのか」玄三が訊いた。

「ウネの叔母が待っているんじゃ」久六が答えた。

「そうか」

牛尾菜は、若芽が牛の尾に似ているところから名付けられた菜で、茹でて水に晒し、味噌か胡桃で和えるか、醬《ひしお》で食べると美味いものだった。根曲がり竹は、焚き火の火で炙り、味噌を付けて食べるのが玄三の好みだった。

「ならば、早く持ってけ」

久六と太平が駆け出した。その背に、叔父貴が戻った、と皆に知らせてくれよ。玄三が叫んだ。太平が振り向いて頷いた拍子に宙に浮き、勢いよく転がった。

「ああ」と玄三が溜息を漏らした。

水木が無坂の背から背負子を外している横で、玄三が背負子を下ろすのを若菜が手伝っている。

「済まんな」水木に言いながら、若菜と玄三に背を向け、どうなっているのだ、と目を丸くして見せた。

「出掛けてばかりいるからだよ」水木が鼻の先を空に向けて、笑った。

「運んでおいてくれ。長に諏訪のことを話してくる」

付いて来ようとした玄三を留め、

「俺ひとりでいい」無坂が言った。

羽鳥の小屋に、火虫ら小頭衆が集まっていた。畑の脇に、真新しい熊の糞と寝た跡があったので、畑に行く時は拍子木を打ち鳴らし、ひとりでは行かぬことなどが決められていた。

「どうだった？」と羽鳥が、話を切り上げて無坂に訊いた。頼重が口にした通りのことを話した。

「備えをするどころではなかったか」火虫が首を横に振った。

「聞く耳持たぬ、では致し方ないな」室津だった。

「総領家も、長くはないか」羽鳥が言った。

「駄目だな」斬り捨てたのは、志戸呂だった。

若菜が大納屋に設けられた飯場から、ウネたちが拵えた根曲がり竹の味噌汁と牛尾菜の胡桃和えをもらってきた。若菜が作っていた独活《うど》の胡桃和えと重なってしまったが、豪華な夕餉になった。

無坂の小屋には、四人の寝屋子が夕餉の後に泊まりに来ることになっているが、まだ来ていない。今は親子だけである。寝屋子が来る頃には、まだひとり身の若菜と水木も寝屋親の小屋に行かねばならない。若菜に玄三のことを訊きたかったが、何と切り出したらいいのか、分からない。無坂は黙って箸を動かし、稗飯を食った。

「父《とと》さ」と水木が言った。

「何だ？」

「戦が始まるの？」

「分からんが、いつかは始まるのだろうな」

「《戦働き》に出るの？」若菜が訊いた。

「いいや。長が断った」

「よかった」若菜が、膝の上に箸と椀を下ろして、呟くように言った。

「若菜……」

思い切って尋ねようとした時、戸の外を通り過ぎる若い衆の声がした。もう夕餉を済ませて寝屋親の許に行こうとしているのだろう。何？と顔を向けた若菜に、

「この独活の胡桃和え、美味いな」

「ありがと。母《かか》さの味でしょ」若菜が言った。

「雨だぞ。明日は雨だぞ」志戸呂が集落の中を歩き回りながら叫んでいる。

足の古傷が痛むと、半日後には雨が降り出すのだ。

「俺の足は何ともないぞ」

小屋の中から叫んで応えたのは、小杉の大叔父だった。大叔父も足と腕に古傷があり、雨の前には痛んだ。

「どっちが正しいかは、明日になれば分かるわい」

負けずにヒミが大声を出した。

翌朝、無坂は雨の音で目を覚ました。

「小頭の勝ちぃ」と、寝屋親の小屋から戻って、無坂の朝餉を作っていた水木が言った。

龍五は、南の見張り小屋から雨に煙る森を見ていた。小暗い森を背にして、雨は薄い絹のような模様を描いて流れている。

静かだった。雨が森に生きるものの気配を覆い隠していた。

久六と太平と、全部で七人の子供たちが、雨上がりの藪を覗き込み、何かを探している。

「獲れたか」通り過ぎる大人が口々に訊いてゆく。

子供らが、掌の中の蝸牛《かたつむり》を見せた。焚き火にくべて焼き、中身を細い枝でほじり出して食べるのである。

「蝸牛も美味いが、蛙が出て来るからな。雨降りは嬉しかった」

蛙の皮を剝いで炙り、塩で食べるのが好物だった青地の親父がよく言っていたことだった。

「蛙と言っても、雄《おす》は駄目だぞ。雌《めす》だ。赤蛙《あかひき》だぞ」

美鈴も若菜も水木も、赤蛙の塩焼きは好きだった。雨の後、蛙を探しに藪に入ったことを、久し振りに無坂は思い出した。

遠くで猿が鳴いた。

一瞬身構えた無坂に気付き、水木が動きを止めた。はぐれ猿だったのか、一声鳴いて声は途絶えた。

そして、一月余が過ぎ、六月二十二日となった。

# 第四章　落城

一

六月二十二日――。

昼を過ぎた頃、居付きの百太郎が、安達篠原から駆け付けて来た。百太郎は、休む間も惜しんで長と無坂ら小頭を前にして言った。

「武田と高遠の動きが、おかしい。間者らしいのが頻繁に行き来している。両家だけではない。矢島満清《やじまみつきよ》んところへも、高遠からの使いが密かに出向いている。何かある。間違いねえ」

矢島満清は上社の禰宜《ねぎ》である。

百太郎は己の読みを頼重に頭から打ち消されたことで意地になり、日高と手分けして武田と高遠を見張り続けていたのだ。百太郎が集落に走るのと同時に、日高は甲州街道に向かっている。必ず武田は動く。父子の思いは、そこで一致していた。

「戦か」羽鳥が訊いた。

「それしか考えられねえわ」

「小見の方様のことが気になるか」羽鳥が無坂に訊いた。

「はい……」

「武田が動くか、見極めなくては、諏訪には走れまい。また頭ごなしに打ち消されるのが落ちだからな。それでも、行くか」

「出来れば」

「誰か付けよう」

「武田の前に高遠の様子も見たいと思います。町には入らずに、高台から見るつもりですが、面倒が起こらないとも限りません。ここは、ひとりで行くのがよいかと」

「それは認めん」

羽鳥は、無坂を制すと、無坂を除いた三人の小頭に訊いた。「誰にする？」

それぞれが名を上げた。志戸呂は、首を捻った後、自らの名を口にした。

「才覚からして、彼《か》の者の右に出る者はおらんでしょう」

瞬間座が沸いたところで無坂が、笹市を、と申し出た。

「逃げ足はありますし、諏訪の御館様とも小見の方様とも顔を合わせておりますので」

「いいだろう」

笹市を呼び、出立の用意をするよう命じた。

無坂らは市野瀬峠を越えると、高遠の手前で街道を逸れ、獣道に入った。藪が深く、空は見えないが、幾つもの山を越えて培ってきた勘があった。無坂らは、迷うことなく高遠の城と町を望む高台に向かった。

藪が疎《まば》らになったらしい。風が通り始めている。

そろそろだぞ。振り向こうとした無坂の顔が、曇った。

藪の向こうから、話し声と煙のにおいがした。見張りがいるのだ。

無坂が西に行くよう百太郎に指で伝えた。西にある高台からも、城と町を見ることは出来た。音を立てないよう、藪をしごかずに、気配を殺して進んでいると、そちらにも、見張りの者が配されていた。百太郎が首を横に振った。戻ろう。

高台から高遠の様子を見ることは出来なかったが、来た甲斐はあった。高遠頼継が各所に見張りを立てているのだ。戦が近いことは間違いなかった。

街道に引き返し、山室川沿いに進むことにした。川沿いの道は、秋葉街道と並んで走り、芝平《しびら》峠で途切れているが、山の者にとっては道などあってもなくても同じだった。峠を越えれば、百太郎の倅の日高が武田の動きを見張っている御射山《みさやま》は目と鼻の先にあった。

「寝ずに行きましょう」無坂が言った。

「夜駆けか、いいな」百太郎が歯を覗かせた。「俺は、夜目が利くんだ」

無坂は山の上の空を見上げた。月の姿はまだない。陰暦二十二日の夜に掛かるのは下弦の月、破月《はげつ》である。夜駆けの時は、満月の前後がよいのだが、半分でも月の光があることを喜ぶべきだろう。

「日が沈んだら、叔父貴に任せます」

「おうよ」百太郎が大きく頷いた。

日が落ち、山は闇に包まれた。無坂らは、岩や、水や、葉先に宿る微かな光を頼りに沢を登り、木立の間を縫うように進んだ。山の端が明るんで来た。月が出るのだ。雲が明かりを受け、白く光っている。月の姿が見えた。木の枝と葉の重なりがくっきりと見え、足許の見当が付くようになった。

「いいぞ、いいぞ。付いて来い」百太郎が叫んだ。

百太郎が黒い塊となって跳ねるように駆けてゆく。足裏で捕らえた岩を蹴り、宙を飛び、地に着いた時には、また宙にいた。

「叔父貴」と無坂が言った。「この前の時より、走りが濃いではないですか」

「俺は夜駆けが出来て嬉しいんだ。それだけだ」

芝平峠を越え、艮《うしとら》（北東）の方へと下る。そのままどこまでも下って行けば、甲州街道に出る。三人は獣道を直走《ひたはし》った。月明かりが山に隠れて遠退き、俄に足許が覚束なくなった。それでも百太郎は足の速度を緩めようとしない。本当に、まだ夜目が利くらしい。

無坂と笹市は、声を掛け合いながら百太郎の後を追った。空を覆っていた木立が切り裂いたように途切れ、沢が始まった。

「ここからは、沢伝いに下りればいい」百太郎が勝ち誇ったように言った。

水飛沫に濡れた岩場を半刻程掛けて下りると、開けたところに出た。野の先に百姓家が間遠にうずくまっている。どこにどのような目があるか、分からない。無坂らは見咎《みとが》められないように、ゆっくりと歩いて御射山に向かった。

暗がりの中で、硬い音が起こった。小石が岩に当たった音だった。

「倅だ」百太郎は、石を拾って打ち合わせた。

暗がりの中から日高が現れ、悔しげな声を出した。まだ武田は見えません。

「焦らずとも、必ず動く。動けば、ここを通る」

そのはずだが、少し甲斐の方に寄ってみるか。甲斐と信濃の国境である境川まで進むと、百太郎が、木立の中に草庵を作ろう、と言った。寝待ち月は過ぎちまったが、寝て待ってやろうじゃねえか。

二万二千を超える武田の軍勢が境川を渡り、畔に陣を敷いたのは、その二日後だった。

「戦ですね」青ざめた顔をして、日高が言った。

それでいい。戦は遊びではない。無坂は百太郎に言った。

「俺は、上原館へ走ります」

境川から館までは五里（約二十キロ）。無坂の足ならば、一刻余で着くことが出来る。

「百太郎の叔父貴は、笹市を連れて逃げてください」

「それはないですよ。役目が果たせないじゃありませんか。こうなりゃ、死ぬも生きるも、無坂の叔父貴と一緒ですよ」

憤然としている笹市を宥《なだ》めながら、百太郎が無坂に言った。

「ひとりでは身動きが取れねえことがある。連れて行くべきだろうな」

問答していても刻が過ぎるだけだった。無坂は頷くと百太郎父子に、一刻も早くこの地を離れるように言った。

「そうしよう。俺たちは、読みが当たっただけで満足だからな。生き延びたら、よく羽鳥に言っておけよ。あの父子は木暮衆の宝だ、とな」

「伝えます」

「こういう時は、そんな汚いお宝はありませんよ、と応えてくれねえと、身の置き所がねえってもんだぞ」

百太郎父子とは、境川の畔で別れた。振り返り、木立の中に消えてゆく父子の姿を目の隅に収め、笹市に檄《げき》を飛ばした。もっと速く走れ。

上原館が見えた。いつもと何ひとつ変わらぬ静けさの中に佇んでいる。

「気付いていないのでしょうか」笹市が言った。

「そんなことがあるか」

思わず笹市を怒鳴り付けてしまい、詫びた。

門番に中井弥左衛門の名を告げた。暫く待たされた後、組下の新兵衛が現れ、無坂と笹市を交互に見てから、中井様は奥に行かれている、と言った。

「其の方、御館様のご勘気を蒙ったやに聞いておるが、此度は何用か」

「それが……」無坂は、門番らの耳を気にして瞬時躊躇ったが、武田軍が境川を越えたことを口にした。「直ぐにも攻めてくるように見受けられましたが」

「其の方の申す通りだ」新兵衛が高い笑い声を上げた。「確かに戦仕度をしているであろうよ。だがな、相手が違う。我らではない」

小笠原長時《おがさわらながとき》だ、と新兵衛が小声で言った。

武田と同じく甲斐源氏を祖に持つ小笠原氏の総領・小笠原長時は、信濃守護として武田の動きに神経を尖らせていたため、武田とは何かにつけてぶつかり合っていた。

「左様でございましたか」安堵の表情を見せた後、無坂は念のために問うた。「では、武田から御領内を通る由の使者があったのでございますね？」

新兵衛の顔が曇った。来ていないのか。

「相手が小笠原だと、どうして分かったのでしょうか」笹市がおずおずと尋ねた。

「それは、重臣の方々が、そうとしか考えられぬ、と……」

「武田が向かうのは、本当に小笠原なのでしょうか」笹市が再び尋ねた。

「……そうよな」

考え込もうとしていた新兵衛が、ふいに眉を吊り上げ、其の方ども、と言った。

「小見の方様のお覚えがめでたいからと、図に乗っているのではないか。汝《うぬ》らの物言い、思い上がりも甚だしいぞ」

無坂は慌てて頭を下げ、日を改めてお詫びに来ると告げ、館を後にした。

「気にするな」

と歩きながら無坂は笹市に言った。

「お前が言わなければ、俺が言っていた」

「どう思われます？」

「高遠の動きを考え合わせると、小笠原ではないな。だが、今それを言っても諏訪方は聞かんだろう」

我らのすることはひとつだ、と無坂は言った。

「誰を攻めるにしろ武田は動く。それを待つのだ。もう一度境川近くまで戻るぞ」

街道には武田の物見だけでなく、諏訪から送り出された者も各所にいるだろう。無坂と笹市は、彼《か》の者たちの目に触れないようにと、街道から遠く外れた藪の中を走った。

五日後の二十九日に、武田が陣を御射山に進めた。

陣を畳み、行軍を開始した時は、どこまで行くのかと無坂も笹市も固唾《かたず》を呑んで見ていたのだが、最後尾の軍勢が動き出す前に、先頭の軍勢が止まってしまった。

「どういうことだ?」

小笠原長時の居城・林城《はやしじょう》は松本平にある。そこまで軍を進めるのならば、境川の畔から指呼《しこ》の間《かん》にある御射山などに移すはずはない。近過ぎる。

狙いは、諏訪だ。

無坂と笹市が目を合わせていた時、離れた藪から急ぎ立ち去る物見の姿が見えた。走る方向からすると、諏訪の者であるらしい。

「今頃慌てても遅いわ」笹市が、冷ややかな目を向けた。

諏訪頼重が、武田の狙いが小笠原氏ではなく諏訪の攻略にあると知ったのは、一日前の二十八日のことだった。甲斐に送り込んでいた間者がようやく突き止め、知らせを寄越したのである。

「実《まこと》なのですか」小見の方が、中井弥左衛門を奥に呼び寄せ問い質《ただ》した。

「残念ながら」

「小夜姫が、今どのような気持ちでいるのかと思うと、いたたまれぬ」

答えに窮している弥左衛門を前に、小見の方に仕える侍女が袂で目頭を押さえている。

「御館様は？」

「迎え撃つ準備を始めておられます」

「武田殿は、御妹君のことを思われなかったのでしょうか」

「さあ、身共には……」

「そなたの思うところを訊く。この戦、勝てますか」

「難しゅうございますが、諏訪には禰々御料人様がいらっしゃいます。命を取られることまではなかろうかと」

「分かりました」

頼重は急ぎ兵を呼集したが、駆け付けて来たのは上社の神長官《じんちょうかん》の守矢頼真《もりやよりざね》ら三百五十余騎と七百余の雑兵だけだった。二万二千の大軍と戦える数ではない。せめて一矢を報いてくれようぞ。頼重は城を出、矢崎原で武田を迎え撃つことにした。

翌三十日。武田軍の陣営脇の原から微かに笛のような音が流れてきた。笛市が耳をそばだてている。笛の音は暫く続いた後、途絶えた。

「鶉笛《うずらぶえ》だ。聞いたことがある」

「何ですか、それは？」笹市が訊いた。

鶉狩りに使う笛で、野原に隠れている鶉を誘《おび》き出すために吹き鳴らすものだった。

「では、武田軍は鶉狩りを？」

「している」

そんな。笹市が絶句している。

「この広い野のどこかには諏訪の物見がいる。その者に、疑うなかれ、武田は諏訪に敵意はない、と見せているのか。いつ攻めるか、高遠頼継と決め事をしており、それまでの暇潰しをしているのか」

そのいずれかだろうな。無坂は顎で武田の陣営を指した。どう転んでも負けるはずがないと、高を括っているのだ。

戦況が動いたのは、翌々日の七月二日であった。

「叔父貴」

笹市に教えられて振り向くと、黒煙が上がっていた。上原城や館のある金毘羅山ではなく、もう少し西の方角だった。

「どこでしょう？」笹市が訊いた。

分からない。行って見定めるしかないだろう。

武田の軍に動く気配はなかった。

「行ってみよう」

無坂らは街道を越え、山裾を縫うようにして黒煙目指して駆けた。炎と煙は、杖突峠から諏訪へと下りてきたところにある安国寺の門前町から上がっていた。

高遠頼継の仕業《しわざ》か――。無坂と笹市は、宮川沿いを物陰に身を隠しながら走った。安国寺が近付くにつれ、灰が雪のように降ってきた。炎に巻き上げられ中空で燃え尽きた藁などが灰となって降っているのだ。笹市の髪が白くなっている。無坂は己の肩をはたいた。灰が舞った。

風にのり、焦げたにおいとともに怒号と女の悲鳴が聞こえてきた。開け放たれた戸口から裸の女が飛び出して来、雑兵がふたり、葛籠《つづら》を抱えたまま女の後を追って家の裏手に消えた。裏手から長い悲鳴が起こった。

「叔父貴……」笹市が拳を握り締めている。

「これが戦だ。上の者は領地がどうしたと騒いでいるが、下の者は盗みと女しか眼中にはない」

「でも……」

「止めようとすれば、殺されるぞ」

戸口や屋根から炎を噴き出していた家が、盛大な火柱を上げて崩れ落ちた。家の前に固まっていた雑兵らから歓声が上がった。その家の者なのだろう。男がひとり、家の前に屈み込み、地べたに額を押し付けている。雑兵が男の背後に回り、尻を蹴飛ばした。転がった男が炎に炙られ、髪から煙が立った。炎から逃げようとした男の前に、刀を抜いた雑兵が立ちはだかった。男の野良着から煙が立ち始めた。雑兵の刀が男の腹を抉った。男の腕が雑兵の首に回り、炎の中に引き摺り込もうとしている。助けてくれ。雑兵が叫んだ。声を聞き付けた雑兵が、駆け寄っている。だが、炎に炙られ、ふたりに近付けない。男と雑兵の髪と着衣から炎が立ち、動かなくなった。

「おおっ」見ている雑兵の口から声が漏れた。雑兵どもは炎に包まれているふたりを見詰めていたが、やがてまだ燃え残っている家目指して駆け出して行った。

「惨いもんだな」

声に驚いて振り向くと、木立の陰から百太郎父子が現れた。引き上げたのではなかったのか。尋ねた。

「こんな時に、凝っとしていられるか」

高遠頼継の軍が杖突峠に向かったのを見て、付いて来たのだ、と百太郎が言った。

「そうよ。あいつらは高遠の軍よ」

親玉の顔を見ておくか。百太郎が訊いた。見に行くことにした。

藪を抜け、灌木の林を這うようにして通った。それらのどこからでも殺戮《さつりく》と強奪の様は見て取れた。

一軒の家の門前に、雑兵らが十人近く固まっているのが見えた。見付かれば、厄介なことになる。無坂らは地に伏した。雑兵の輪の中に、その家の者なのだろう、五人の男と女が地面に座らされていた。

雑兵のひとりが、年嵩の男の胸に刀を突き付けている。刀は、雑兵に貸し出される刀と違い、鍔《つば》のない山刀拵えの反りのない直刀《ちょくとう》だった。刃渡りは二尺。その長さの山刀には、覚えがあった。かしやげ峠で戦った賊が持っていた山刀と似ている。

ナガタ……。

思わず呟いた無坂に、知り人か、と百太郎が訊いた。人の名ではなく、盗賊が山刀をそう呼んでいたのだと話した。聞いたことはないか。百太郎もナガタという呼び名には覚えがなかった。

「あいつらが、その盗賊じゃねえか、と言いたいのか」

「ふと、そんな気がしたのですが……」

「刃渡り二尺の山刀だけでは何とも言えんが、確かなのは、あの男がただ者ではなさそうだってことだ」百太郎が顎で直刀を手にした男を指した。

それは、無坂も感じ取っていたことだった。雑兵にしては、威圧するものが違った。

雑兵が男に何かを言った。男が懸命に首を左右に振っている。雑兵の直刀がすっと伸び、男の胸に埋まった。男の女房らしい女と息子の年頃の男が叫んだ。数人の雑兵が、何も言わずに女房らしい女と息子と見られる男の身体を斬り刻んだ。一瞬にして地が血潮で溢れた。残りのふたりが泣き叫んでいる。

「何て奴らだ」

笹市と日高が、歯嚙みをしている。

「おい」

百太郎が、安国寺の方から駆けて来る雑兵を目で教えた。人数は六人。雑兵らは、何が起こったか、読み取ったのだろう、怒りの表情を浮かべて歩み寄ろうとしている。その中に、甥の草次郎の顔があった。久津輪衆が高遠頼継軍に加わるとは聞いていたが、まさかこのようなところにいようとは。

「……行くな」無坂が低い声で言った。

「叔父貴、どうしたんです？」笹市が言った。

「俺の甥っ子がいるんだ」

「どれだ？」百太郎が訊いた。

先頭に立っているのは、三の組を率いる吉刈で、その後ろにいるのが、妹・美鈴の倅・草次郎だった。

「どうします？」笹市が訊いた。

「甥が殺されるのを黙って見てはいられん。もし斬り合いが始まったら、俺は助けに入る。お前は離れていろ」

「そんなことは出来ませんよ」笹市は無坂に言うと、百太郎を見た。

「俺たちを加えると、十人対十人。数が合うじゃねえか。外すって手はないと思うがな」

「百太郎の叔父貴の仰る通りですよ」

気負い立っている笹市を止め、百太郎が一方を指差した。騎乗の武者が十四、五名の配下を従えて駆け付けて来た。

「何をいたしておるか」

徒《いたずら》に民人を殺めるでないわ。武者は大音声を上げると、双方に立ち退くように命じ、追い立てた。雑兵らの影がなくなったところで、生き残りのふたりに一言、許せ、と言い置いて、また走り去って行った。

「あれは矢島満清の家来だ。矢島も加わっていたんだな」頼重奴《め》、どうにも助からんな。百太郎は無坂に言うと、改めて「まずはよかったな」と草次郎に触れてから、

「許せ、だけでは、殺された者は浮かばれん。今に始まったことじゃねえが、勝手なもんよな」

地に転がっている死骸の方に掌を合わせ、訊いた。どうする、まだ親玉の顔を見るか。

その気は失せていた。それよりも小見の方が気になった。落ちるのなら、案内に立ちたい。

「俺たちは上原館に行きますが」

「行って、どうしようってんだ?」百太郎が訊いた。

「お助け出来るものなら、力になりたいんです。山城から逃げるのなら、俺らでもお役に立てるでしょうしね」

「面白そうだな」百太郎が言った。「俺たちも行こう」

## 二

安国寺の門前町に火を掛けたのが高遠頼継軍と知ったのか、諏訪頼重は矢崎原に敷いていた陣を払い、上原城に入っていた。

無坂らは、林を駆け上り、金毘羅山の中腹にある上原館に急いだ。諏訪方はじわじわと追い詰められてはいるが、まだ戦の火蓋は切られていないのだ。館を蛻《もぬけ》の殻にすることはないだろう。誰かが残っているに違いない。その者が、己を見覚えていてくれることを無坂は祈りながら走った。

上原館の二階門に架かる橋に出た。橋の手前で止まり、お頼み申します、と無坂は大声を発した。武田や高遠軍と間違われ、矢を射られないとも限らない。

矢倉から具足で身を固めた武者が半身を覗かせ、怒鳴った。

「何を血迷うておる。其の方どもの来るところではない。去れ。去らぬと、射殺してくれるぞ」

無坂らを追い払おうとした武者を、矢倉に駆け上がってきたもうひとりの武者が押し留めている。武者は無坂を指さし、何事か話すと、無坂に向かい、

「やはり参ったか」と叫んだ。弥左衛門配下の新兵衛だった。「中井様から、其の方が来たら通すように言われていたのだ。待っておれ」

言い置いて、矢倉から消えた。

「無坂よぉ」百太郎の小さな声が背に飛んできた。「館に何人くらいいると思う？」

「少なそうですね。多分見張りだけで、敵兵が来たら城に逃げるのでしょう」

百太郎の頷く気配がした。

「面白くねえな。俺と日高だが、ここで引き上げてもいいかな？」

「姿を見られています。今引き上げたら、敵に知らせに走るのか、と疑われるでしょうね」

「参ったな。来るんでなかったな」

「親父、今更何を言ってるんだよ」

百太郎と日高が言い争っていると、潜り戸が開き、新兵衛が手招きをした。駆け出した無坂の後から、笹市らが続いた。

——この間は、頭ごなしの暴言。深く詫びる。よく来てくれたな。

見送る新兵衛を残し、館の庭を通って裏に抜け、金毘羅山を登った。

無坂らを導いているのは、新兵衛の息の小十郎《こじゅうろう》、十六歳だった。父の命で、無坂らを城にいる中井弥左衛門の許へと案内しているのだ。

「御館には、御父上様の他に何人くらいおいでになるのです？」

「申せません」

言い終えると、口を一文字に結び、無坂らを置き去りにする勢いで歩いてゆく。いい足の運びだった。若さが漲《みなぎ》っている。

急な坂道を上ると、不意に城の追手口に出た。尾根を削り、丸太で組まれた門扉を置き、石を積み上げている。尾根が痩せているので、石で出来た巨大な舟の舳先《へさき》のように見えた。

「その者どもは誰だ？」

矢倉で見張りに付いていた武者が荒い声を出した。矢倉は追手門の上と両脇にあった。声を発した武者は門の上の矢倉にいた。頬当《ほおあて》を付けているので、武者の表情までは分からなかったが、声からして咎《とが》められているのは分かった。

「中井弥左衛門様存じ寄りの者でございます。来たら通せ、と言付かっております。それに……」小十郎が言い淀んだ。

「何だ？」

「小見の方様の御許にも何度か訪れている者ですので、決して怪しい……」

「と言うと、あれか。薬草を届けているという者か」

「左様でございます」

頰当が、潜り戸を開くように矢倉下に向かって命じた。潜り戸が開いた。中に入ると、具足を纏った四十人ばかりの兵が、ぐるりから無坂らを見下ろしていた。

「弥左衛門殿は、物見岩にいる。そこまでは」と言って辺りを見回し、小十郎と同じ年頃の若武者を呼んだ。「鉄之助《てつのすけ》が案内する。付いて行くがよい」

小十郎は持ち場に戻れ。親父殿に無理はするな、と伝えてくれ。頰当は笑い声を上げると、行け、と鉄之助に言った。

無坂らは頰当に頭を下げ、鉄之助の後から土盛りされた坂道を上った。程無くして大きな岩のある曲輪《くるわ》に出た。四の曲輪と呼ばれるところだが、無坂らの知るところではない。二十人程の武者が、無坂らが上ってきた坂を駆け下って行った。その曲輪を通り過ぎ、深い竪堀《たてぼり》を左右に見ながら更に上った。

小さな曲輪を三つ過ぎると、金毘羅神社のある大きな曲輪に出た。三の曲輪である。その三の曲輪と二の曲輪の境に、先程見た岩より数倍の大きさの大岩があった。岩の上から弥左衛門の声がし、続いて顔が覗いた。

「上がってこい。これは物見岩と言うてな、群がっている蟻どもがよう見えるぞ」

「弥左衛門殿、ここは秘中の秘の場所。城と無縁の者を上げると言われるのですか」

別の者が無坂らを見下ろした。

「よいではないか」弥左衛門の声がした。「今この城に入ることは即ち死地に飛び込むのと同じ。恩顧の者ですら逃げたのだぞ。彼の者らの心意気に、我ら何として報いればよいか分からぬわ」

「行こう。無坂は笹市と百太郎らに言い、裏に回った。

大岩の脇には石段が設けられており、容易《たやす》く岩の上にのぼれるようになっていた。

弥左衛門の脇に立つと、焼き払われ、黒煙の棚引いている安国寺の門前町と、上原村を取り囲んでいる夥しい数の軍勢が見えた。旗指物は、武田菱として知られる四つ割菱。武田晴信の軍勢であった。

「手に取るように見えまする」

「であろう。この城の宝の岩だ」

弥左衛門は大きく深く息を吸うと、

「物好きが」と言った。「わざわざ死にに来たのか」

此処《ここ》にいたら間違いなく死ぬぞ。早く城から去れ。弥左衛門が真顔になった。

「来たら通せ、と仰った御方の言葉とも思えませんが」

「通せ、と仰せになったのは、儂ではない。小見の方様だ」

驚いている無坂らに、弥左衛門が言った。

「儂は来るはずがないと申し上げたのだが、小見の方様は儂に、まだ人の心が読めないようですね、と仰せになった。あの御方には負けたわ」

参ろうか。お待たせしては叱られる。弥左衛門は笹市らに、付いて来るように言い、自身は無坂に並んだ。

「落城前の城には、何度入ったことがある？」

「三度、ございます」

「悲惨であろうな？」

「血と腐り始めた死骸のにおいで、いたたまれぬものがございました」

「ここは随分と違うか」

「まだ一個の死体もない、と言うよりも、兵そのものがおられぬように見受けられましたが」

「分かるか」

弥左衛門が城にいる兵の数を口にした。大分逃げおったのでな、約一千だ。この城を守るに足る数ではない。

今、御館様と大人衆《おとな》（重職者）が評定を開いておられる。

「早晩、この城は捨てることになろう」

「どこへ行かれるのです？」

「桑原《くわばら》城であろうな」

上原城の支城で、尾根伝いに二十三町（約二・五キロ）ほど乾《いぬい》（北西）の方角に行ったところにあった。上原城より城郭の小さな桑原城ならば、千の兵力で守ることが出来る。ただし、後詰《ごづめ》（援軍）があれば、の話である。後詰のない籠城は、死を一日延ばしにしているに過ぎない。

「小見の方様は桑原城へ行かれるのですか」

「さて、いかがなされるか。今ならば、裏山から落ちることも出来ようが」

「城を移られるにしろ、落ちられるにしろ、小見の方様のお手助けをいたしてもよろしいでしょうか」

「それは儂が決めることではない。小見の方様に訊くがよい。しかし、山駆けは出来ぬぞ。足弱だからな」

背負子を見せた。

「これを使います」

「禰々様と寅王様には輿《こし》があるが、他は歩かねばならぬからな。そうか。よいかもしれぬな」

木の柵で固められた坂を上ると、本曲輪に出た。

本曲輪には、藁《わらぶ》葺きの大きな屋敷を中心に、板葺きの屋根に石の重しを載せた四棟の家と物見櫓が建ち並んでいた。

弥左衛門は、板葺き屋根の一棟へとずんずんと進んで行った。向かっているのは、正室と側室のために建てられている一棟であるらしい。擦れ違う武者が一様に無坂らに目を留めたが、弥左衛門は気にする風でもない。柱だけの門を通ると、玄関があった。風を考慮してか、無骨なまでに堅牢な造りではあったが、庭樹も植えられており、どこかに温もりがあった。現れた侍女に弥左衛門が、

「小見の方様にお伝え願いたい」と言った。「弥左衛門は、まだ人の心が読めぬと分かりました、とな」

「それでよろしいのでございましょうか」

「お分かりになられるはずです」

奥に消えた侍女が、戻ってきた。

「庭先に回るようにとのことでございます」

片膝を突き、山躑躅の植え込みの脇で待っていると、侍女をひとり伴って小見の方が現れた。その年若い侍女は、いつも小見の方とともにいるので、無坂も名を知っていた。楓《かえで》と言った。無坂を見て、小見の方と楓の顔が弾けた。

「よう来てくれました。礼を言います」

小見の方が頭を下げるような仕種をしたのを見て、無坂が慌てて低頭した。笹市らは無坂に倣った。

「しかし、ここは程なく攻め立てられるでしょう。今のうちに城を出なさい」

「実は、それを申し上げたくて、参ったのでございます。上原は武田と高遠などの軍勢で溢れております。御方様の仰せの通り、ここにいては危のうございます」

「分かっております。ですが、私は諏訪家の女です。危ないからと逃げる訳には参りません。望んでここに来ているのです。ただ……」と言って楓を見、「皆、館から逃げたのに」と言葉を続けた。「楓だけが供をすると言い張ったゆえ、今まで置き留めてしまったのですが、そのことだけが悔やまれます。まだ死なすには、あまりに若い。そなたらが城を去る時に連れて行ってはもらえぬであろうか」

「嫌でございます。私は決して……」

言葉の途中で楓が口を噤《つぐ》んだ。回廊を足早に歩き来る足音と草摺《くさずり》の擦れる音が、楓の口を塞がせたのだ。

「何かあったのでしょうか」

立ち上がろうとした楓が、胴丸《どうまる》を身につけた武者を見て腰を下ろした。武者が報告に移ろうとして、無坂らに気付いた。何としたものかと躊躇っていたが、弥左衛門が話すようにと促し、小見の方が頷くのを見て、城を脱し、桑原城に移ると決まった、急ぎ支度をするように、との頼重の言葉を伝え、戻っていった。

追手口の方から喚声が沸き起こった。城攻めが始まったらしい。

「御方様」弥左衛門が言った。「某《それがし》、一旦持ち場に戻り、ご出立までには再び御許に参りますので、それまで御免」

言うが早いか、庭から門へと駆け抜けながら、配下の者の名なのだろう、人の名を呼んでいる。

「楓、これが最後の機会です。落ちなさい」

楓が首を盛んに横に振っている。

「小見の方様」無坂が言った。「武士には武士の生き方があるように、楓様には楓様の思いがあると存じます。ここは、楓様の思うようにさせてあげるべきではないでしょうか。それに、事ここにいたれば、桑原城に移った方が御身のためかとも」

「よいのですね」小見の方が楓に訊いた。

「はい」

「桑原城までは山道ですよ。歩けますか」

「大丈夫でございます」

「ご安心ください」無坂が小見の方に申し出た。「ご両人様ともこれにお座りくだされば、我らが背負うて参ります」

背負子を引き寄せた。

小見の方と楓が、口許に手を当て、思わず背負子と互いの顔を見詰め合った。

桑原城に向かう尾根道に長い列が続いている。近習の者に守られた頼重が城を出、禰々と寅王を乗せた輿も、久保坂内記、又右衛門兄弟らに守られて、既に城を後にしている。

最後に城を脱する家臣の手によって、城に火が放たれた。尾根を行く者の中で最初に気が付いたのは、小見の方と楓のふたりだった。ふたりだけが、無坂と笹市の背負子に乗り、皆とは逆に城を見ていたのだ。

ふたりは、「あっ」と呟くと後はただ息を呑み、燃え上がる城を見詰めたまま掌を合わせていた。

無坂らはほんの少しだけその場に留まり、また静かに歩みを再開した。いつまでも留まっている訳にはいかない。

午後の日が傾き始めているが、夕闇までには桑原城に入れるだろう。

小見の方の脇を行く弥左衛門が、唇を噛み締めた。親交のあった千野入道《ちのにゅうどう》が、武田と高遠軍に一矢報いんと決死隊を募り、敵陣に突入したのを見送り、そして今城から上がる火の手と煙を見たのだ。堪えていたものが、切れたに違いない。弥左衛門の口から押し殺した嗚咽《おえつ》が漏れた。

「弥左衛門、死んではなりませんよ。諏訪は必ず再興します。その日まで耐えるのです」

「はっ……」

「小見の方様」

楓が山裾に広がる上原村を指差した。武田軍が民家に火を掛けたのだ。里のいたるところから煙が立ちのぼり、それを追うように炎が揺らめいている。

「ひどい……」楓が掌で目を塞いだ。

「国が弱いと、泣くのは民百姓でございます。国は、強くなければなりません」弥左衛門が、拳で目許を拭うと、怒ったように言った。

「ふたりとも」小見の方の声だった。「目を逸らしてはなりません。この光景を、目に焼き付けなさい。私は、生涯忘れぬよう見続けてゆきます」

無坂の背に小さな、細かな、震えが伝わってきた。泣いているのだ、と無坂は思った。小見の方様は心の中で泣いているのだ。無坂は歯を食い縛った。

翌三日、昼頃に追手口で小さな戦闘があったが、それだけで武田の軍は引き下がってしまった。黒く厚い雲が広がるのを見て、足場のよいところに陣を移しているのかもしれない。

「降りそうだな」弥左衛門が無坂に言った。

「尋常な雲ではありません。激しい雨が一晩中降り続くと思われます」

「実か」

「叔父貴が雲を読んで、外したことはありません。土砂降りになると思います」笹市が言った。

「天が我らに味方したのかもしれぬの」

弥左衛門が、無坂らのいる飼葉小屋から外に出ていった。飼葉小屋は、二の丸と馬《うま》出《だし》の中程の平地にあった。

このようなところしかないのだ、許せ、と昨日の案内時に弥左衛門が詫びてくれたが、城を守り、ともに戦うためにきた兵ではない。押し掛けてきたに過ぎない者には、屋根のある小屋に入れてもらえただけでもありがたかった。そう言うてくれるな。却って心苦しくなる。弥左衛門の後ろ姿を見送った百太郎が、武士にしておくには惜しい男だな、と言った。その言い方が可笑しくて、思わず四人で笑ってしまった。それから一日が経ったことになる。

「これから」と百太郎が声音を抑えて無坂に訊いた。「どうする？」

「俺としては、小見の方様を城から落としたいのですが、まったくその気はないのです。となると、様子を見て我らだけで脱するしかないでしょうね」

「逃げ口は、朝のうちに見付けてきたぞ」百太郎が言った。高橋口や大熊口は難しいが、つるね口までは、手は回っていなかった。「あそこからなら、容易く逃げることが出来るだろうぜ」

「それだけ分かっていれば十分です。ここで逃げるのも、心残りですし。ぎりぎりまで留まる。そうするしかないでしょう」

「付き合うぜ」

「済みません」

「付いて来たのは、俺たちだ」

夕刻から、天の底が抜けたような激しい雨が降り始めた。板屋根に打ち付ける雨音と、地を叩く雨音と、軒から棒のように落ちる雨音に雷が加わり、目の前の者とも怒鳴り合うようにして話さなければ声が聞こえなくなった。

雨は篝火《かがりび》や松明《たいまつ》の火を消し、闇に包まれた曲輪の中を、武者走りを、川のように流れ、その光景を雷の閃光が真昼間のように照らし出した。

「武田奴、これでは攻めようにも攻められぬどころか、雨に足を掬《すく》われて転げてしまうぞ」

弥左衛門はずぶ濡れになって飼葉小屋に来ると、雨音に負けぬよう大声で言った。

「こちらは城の中ですが、敵兵の多くは恐らく雨に打たれているはずです。明日が勝負でございますね」

「おう、打って出てくれるわ。今、御館様も御自ら敵方の様子を窺いに出られたところだ」

「諏訪大明神の御加護がございますようお祈りいたしております」

「うむっ」

弥左衛門が雨の中に飛び出していってから間もなく、兵の走る足音が続いていたが、それもいつしか途絶えた。

弥左衛門が新兵衛を伴って戻ってきたのは、それから一刻後のことだった。

先程の勢いはどこにいったのか、開けた戸を閉めようともせずに悄然としている。

「いかがなされました？」無坂と百太郎が訊いた。

「もう駄目だ……」

兵が逃げた、と弥左衛門が続けて言った。新兵衛は唇を嚙み締めている。

あの足音は、逃亡を企てた兵らの立てた音だったのか。

しかし、上原城から一千余名の兵が桑原城に移ったはずだった。逃げたとしても、まだ相当数の兵は残っているのではないか。足音の人数は、それ程の数ではなかった。無坂が訊いた。

「御館様と寅王様を含め、三百余名だ……」

百太郎父子と笹市が驚きの声を上げた。戦どころか、城を維持することすら覚束ない。

「何があったので、ございますか」笹市が思わず走り寄るようにして新兵衛に訊いた。

「御館様が甲軍の様子を見ようと城を出られたのを見て、逃げ出したと勘違いしたのだな。何人かが雨に紛れて逃げ出したら、歯止めが利かなくなってしもうたのだ」

「三百余名では戦えませんね」無坂が言った。

「落ちろ」と弥左衛門が言った。「武田の総攻撃は明朝であろう。我らはその前に城を道連れに腹を斬る」

「承知いたしました。手前ども四人、明朝城を落ちさせていただきます。ですが、それまでは、足らぬ兵の代わりに見張りに立たせていただけないでしょうか」

「よいのか」新兵衛が言った。

「これも縁でございましょう。手前どもならば、山の中を逃げるに造作は要りません」

「ようてくれた。かたじけない。弥左衛門、御館様に代わって礼を申す」

弥左衛門は深く頭を下げると、今夜は、と言った。鱈腹《たらふく》食ってくれ。

「城には千余の兵のための兵糧がある。一晩では食い切れぬが、大量の飯を炊くゆえ、腹が裂けるまで食ってくれ」

「姫飯《ひめいい》でございますか」日高が訊いた。姫飯は、釜で炊いた柔らかな白い飯のことを言った。

「もちろんだ」新兵衛が言った。

日高と笹市が咽喉を鳴らした。

「持ち場は、儂とともに追手門を頼む」

頷いた無坂が、日高と笹市に言った。

「篝火の上に板の屋根を作るぞ。交代で朝まで見張りだからな」

「おう」

笹市らが引き回しを取り出している。弥左衛門が新兵衛に、無坂らの飯の手配を厨に伝えるよう命じた。新兵衛が小屋から飛び出して行った。

三

見張りに立って一刻余が過ぎた。闇は、雨の底にうずくまったまま動かない。

「弥左衛門様」無坂が言った。「敵陣の様子を見て参りましょうか」

「この闇では、無理であろう」

「手前どもの山の者は、闇の中でも走ることが出来ます」

うっ、と弥左衛門が言葉を詰まらせた。

「敵がどこに陣を張っており、どのような状態にいるかを知っていれば、何かのお役に立つのではございませんか」

「陣を張る場所の見当は付くが、ここにいては様子までは分からぬの……」

「無坂に頼みましょう。我らには出来ません」新兵衛が言った。

「よし、儂の一存で許す」

弥左衛門が、敵が陣を張りそうな場所を数え上げた。まずは、藪をしごいて未申《ひつじさる》（南西）の方角に三町（約三百三十メートル）程下れ。拓けたところがある。必ず、誰かの陣があるはずだ。

「探り終えたら直ちに戻れよ。何か要るものは、あるか」

「長さ六間（約十一メートル）の縄を十本程いただけたら」

「容易いことだ」新兵衛の息の小十郎に申し付けた。縄が届けられた。

「付いて来い」笹市に言った。

「はい」笹市の声が僅かに震えている。

弥左衛門らの耳がある。口に出しては言えないが、またとないよい機会だった。その目で見て、その身体で覚えておけ。似たような状況になった時のためにな。

「俺たちはどうしようか」百太郎が訊いた。

「多過ぎても目立ちます。万一追われて戻った時の助けを頼みます」

「引き受けた」

追手口を避け、縄で城の石垣を下り、未申の方角にある真っ暗闇の藪に走り込んだ。雨粒が目に当たり、視界がぼやける。

「濡れた石は滑るぞ。踏むなよ」

「叔父貴、俺は小笹《おざさ》の倅ですよ」

小笹は山駆けで鳴らした男だった。無坂も何度か一緒に山を駆けたことがあった。振り向いて話しながら、足許の岩を飛び越したことがあった。俺には見えるのよ、と言って笑った顔は未だに目に焼き付いている。

雨に濡れ、垂れ下がった葉や枝が、藪の底の密度を濃くしている。無坂らは、葉先の滴に宿る僅かな光を頼りに、這うように腰を折り、膝から下を使って走った。黒い塊が行く手を塞いだ。大岩だった。

無坂は笹市を止め、大岩の四囲の木立の枝ぶりを探った。手頃な間隔で立ち並んでいた。

「縄を張るぞ」

追われた時の備えだった。自分たちは大岩の岩肌に沿って擦り抜けるように走れば、縄に引っ掛かることはない。

更に藪を進んだ。藪の向こうが篝火で明るい。武田か、高遠か、それとも矢島満清の軍か。枝を折って目印にし、残りの縄で再び仕掛けを作り、藪の切れ目にまで近付いた。

雑兵が来た。胴丸に褌ひとつの姿で、火種にしようとしているのか、燃えさしを持っている。胴丸を見た。家紋は書かれていない。雑兵は楯を並べて屋根に見立てた簡便な雨除けの下に潜り込み、火種に息を吹き掛けた。暫く燻っていたが、ぽっと火の気が立ち、炎となった。掌を擦り合わせている。どうやら、総大将のいるところとは逆の方に出てしまったらしい。

「回り込みましょうか……」

言いながら身体を起こした笹市の頭が枝に触れた。枝が騒ぎ、滴が落ちた。

無坂と笹市は息を詰め、四囲の気配を窺った。突然、数か所で火の手が動いた。こちらに向かって駆けてきている。火の手が虚空に跳ね上がり、弧を描いて無坂らの潜む藪に飛んできた。燃えさしが落ち、火の粉を舞い上げた。無坂と笹市の顔と半身が闇に浮かんだ。左右から走り来る人影が見えた。人影は刀を手にしている。立ち上がった雑兵が火の付いた枝を翳した。人影の持つ刀に光が宿った。反りがない。直刀だった。

奴らか……。

安国寺近くの民家を襲い、家の前で主らしい男を無慈悲に刺し殺していた。

「逃げろ」

奴らはかしやげ峠で襲ってきた盗賊の一味かもしれない。だとすると、血に飢えた者どもだ。多勢を相手にして戦うのは危ない。

闇を駆けた。笹市が枝に行く手を阻まれている。俺の後に続け。折った枝目掛けて走った。

追っ手の足音が闇を縫ってきた。速い。迷いがない。何て奴らだ。

目印に着いた。縄を仕掛けた木立を擦り抜け、速度を上げた。

「げっ」

声とともに、背後で人の倒れる音がした。しめた。いいぞ。振り返った笹市が仰向けにひっくり返り、水音を立てた。左肩を抑えている。どうした？　石《せ》です。やはり、盗賊の仲間か。周りの藪が鳴った。飛礫だ。走れ。笹市を起こし、急き立てるようにして走った。追い掛けながら飛礫を投げているのだろう。葉が、枝が、執拗に鳴っている。大岩が見えた。真っ直ぐだ。大岩で飛礫が撥ねている。無坂らは大岩に沿うようにして走り抜け、追手口目指した。背後の闇から重いものが倒れる音が立て続けに起こった。

　藪から飛び出し、百太郎の名を呼んだ。石垣の上から二本の縄が投げられた。無坂が一方の手で、笹市の腰を摑んで支えようとしたが、笹市が制した。もう大丈夫です。両の手で縄を摑んでいる。

「いいぞ。上げろ」

　叫んだ拍子に、縄が凄い力で引き上げられた。顔に大粒の雨が当たった。鳴りを潜めていた雷鳴も再び轟《とどろ》いてきた。無坂と笹市は石垣を三度蹴るうちに石垣の上に辿り着いた。百太郎と日高の他に、新兵衛らふたりの兵が引いてくれたのだ。礼を言い、即座に走り出してきた藪を見下ろし、探った。人のいる気配はなかった。だが、闇に潜んでいるはずだった。無坂が目を凝らしたところを狙い澄ましたように雷が鳴り、稲光が奔《はし》った。藪の中が透けて見えた。だが、人影を見付けることは出来なかった。


　弥左衛門と新兵衛父子と、無坂ら四人が二組に分かれて、矢倉に上がった。雷は再び遠退いたが、雨はそれからも降り続いた。

　夜が白々と明けた時、矢倉にいたのは、無坂と日高と新兵衛の三人だった。雨は夜明けとともに勢いを失いはしたが、まだしとしとと未練たらしく降っている。

「常ならば」と新兵衛が言った。「諏訪の湖《うみ》まで見通せるのだが」

今は追手口の先にある藪すらも白く煙っていた。

「僅かのところに高遠軍がいると言うに、討って出られぬとはな。悔しいの。しかも、だ。この儂が、雨の日に死のうとは思わなんだわ。儂はな、生まれた日も、元服の日も、嫁取りの日も、嫡男が生まれた日も、妻の葬儀の日も、晴れだったのだ。儂が死ぬ日も、当然そうであろうと思うておったのにな。ままならぬものよ」

御妻女は既に……。無坂は、思いを閉ざし、口を開いた。

「それはよいお話ではございませんか」

「どういうことだ？」

「この雨は、まだ止みそうにはございません。と言うことは、今日は攻めては来ないということでは？」

「まさか。城から兵が逃げ出していることは、恐らく敵に知られていよう。攻めて来ぬはずがあるまい」

「いいえ。雨とか雪とか晴れとかは、裏切りません。ここは、新兵衛様の定めに従うとうございます」

「山の者は面白いことを申すものよな」

新兵衛が笑い声を途中で飲み込んだ。

白く煙る雨の幕の中から滲み出すようにして、騎乗の鎧武者《よろいむしや》が現れたのだ。武者は左右後方に二騎の武者を従えていた。

鎧武者は手綱を引くと、武田の使者・原美濃守《はらみののかみ》だと名乗り、諏訪様にお目通りを願う、と馬上から大声を発した。

矢倉にいた兵の口から、鬼美濃だ、という呟きが漏れ、さざ波のように重なり、ざわめいた。

追手門が開き、諏訪の兵が原美濃守ら三騎を取り囲んだ。弥左衛門に命じられた兵のひとりが本丸へと駆け出した。弥左衛門が先頭に立ち、原美濃守と供の武者ひとりを伴い、本丸に向かって歩き出した。

「誰なんです？」笹市が百太郎に訊いた。

「武田の足軽隊将だ。数少ない本物の豪傑のひとりだろうな」

原美濃守虎胤《とらたね》。永正十年（一五一三）、父・友胤《ともたね》とともに晴信の父・信虎を頼って武田氏に臣従した虎胤は、天文十一年（一五四二）のこの年には、晴信の重臣となっていた。

原美濃守の従者ひとりが城門内に残った。残されたひとりは、絹糸のように降る雨と兵に取り囲まれたまま辺りを見回し、矢倉の上の無坂と目が合った。一瞬、場違いなものを見るような目付きをしたが、また他の方を見ている。兵の数の少なさに驚いているのかもしれない。

原美濃守が本丸に向かって一刻（二時間）余が経った。その間に、城の上に重く伸し掛かっていた雲が切れ、雨が止んだ。軒から落ちる雫の音が耳に付く程、城の中から音が絶えている。

どうしたのか。

落ち着かなくなり始めたのは新兵衛や無坂らだけで、門内に残されている武者からは焦れた様子は窺えない。このような状況に慣れているのだろう。

腹の据わったものだ。

無坂が武者を見下ろしていると、本丸の方から人の来る気配がし、続いて原美濃守らの姿が見えた。武者も気付いたらしい。両の足に力を込め、大地を踏み締めて待っている。

「あっ」と思わず無坂が声を上げた。

原美濃守を見送る諏訪方の先頭にいるのは、頼重であった。

「下りろ」と新兵衛が無坂らに言った。「御館様を見下ろすではない」

無坂らは急いで矢倉から下りると、植え込みの端に寄り、膝を突いた。新兵衛が頷いている。

頼重は原美濃守を見送ると、重臣らと本丸に戻って行った。その列から離れ、弥左衛門が無坂らの傍らにきた。

「和議を結んだ。詳しいことは話せぬが、これで御館様始め皆、命を安堵されたことに相なろう。危ういところであった。そなたらの献身、忘れぬぞ」

「ようございました」

「よかったと言えるのかな。戦場に散った者らに顔向けが出来ぬわ。どうやら、また生き恥を晒すことになりそうだ」

「………………」

思い直したように弥左衛門が言った。

「腹が減ったであろう。小見の方様が振る舞われるとのことだ。付いて参れ」

「はっ……」

「小見の方様は、御膳所奉行がおらぬでな、こちらの城に来てからは、ずっと膳部の差配をなされていた。気丈な御方だ。お疲れであろうから、長居はせぬようにな」

「心得ましてございます」

無坂らは弥左衛門の後に従い、二の丸から武者走りを通って本丸に上がり、厨のある裏手に回った。和睦が成った安堵感からか、侍女らの動きに明るさがあった。

草鞋に次いで足袋を脱いだ。竹の切り株を踏み抜いても足裏に刺さらないように、草鞋は蒲の穂から採った綿を編み込んだものであり、足袋は厚く重ね縫いされているものである。それらが、昨夜からの雨をぐっしょりと吸い込んでいるのだ。重い。どさりと音がしたのを弥左衛門が聞き付け、手に取った。

「山の者の知恵には恐れ入るの」

厨の脇の小部屋に通されると、楓ら四人の侍女が膳を運んできた。昨夜から、雨の中で握り飯を食べただけだった。咽喉と腹の虫を鳴らしている無坂らの脇で、笹市ひとりが身を固くしている。

膳を見て、日高がおっ、と声を上げた。白い山盛りの飯とともに、干した魚を炙ったもの、昆布と豆の煮物、胡桃の味噌和え、それに青菜の塩揉みが並んでいた。山の神を祀る《山祭り》の時でもなければ、滅多に拝めないご馳走である。

「小見の方様は後程お見えになりますので、ゆっくりと召し上がってください」

楓は無坂ら皆に言った後で、

「肩は何ともございませんか」と笹市に訊いた。

「肩……？」箸を手にしたまま、考えている。

「石が当たった、と中井様がお話しになっているのを、漏れ聞いて心配いたしておりました」

「何ともございません」と無坂が、白い飯を頰張りながら答えた。「どこに当たったかも分からない始末ですので」

「まあ」楓が袂を口に当てて笑った。

「礼を言わんか。心配してくださったのだぞ」百太郎が冷やかした。

「はっ、どうも……」笹市が慌てて楓に頭を下げた。

「お櫃《ひつ》を置いておきますので、空にしてくださいませ」

楓らが小部屋から出た途端に、遅れを取り戻す勢いで笹市が飯を掻き込んだ。

「静かに食え」百太郎が笹市に言った。鼻息がうるさい。

膳のものと櫃が空になった時、小部屋の戸が開き、小見の方と楓が、遅れて弥左衛門が入ってきた。居住まいを正し、平伏した四人の前に座ると、顔を上げるように言い、お腹は塞がったか、と訊いた。

「動くのが大儀な程、頂戴いたしました」

「それはなりよりです」

「味噌和え、美味しゅうございましたでしょ?」楓が訊いた。

「はい。格別の味でございました」

「そのはずです。小見の方様が、手ずからお作りなされたのですから」

思わず皿と小見の方を見比べてから、無坂らは再び深く頭を下げた。

「そのように大仰な真似を。万分の一の礼にもなっておりませんのに」

小見の方は、御館様が武田の申し出を受けたのは、降伏ではなく和睦だったからだ、と言って言葉を続けた。

「そなたらは我が身を案じて駆け付けてくれたゆえ話すのだが、原美濃が言うには、『我ら武田は諏訪に含むものはない。此度のことは、高遠頼継に騙されていたらしい。斯《か》くなる上は、一旦城を出て古府中に来るがよい。そこで態勢を立て直し、ともに手を携えて高遠を討とうではないか』というものだったと聞いています」

「原様のお話、信じてもよろしいのでしょうか」無坂が訊いた。

「そなたも知っての通り、この城の兵の数を考えると、最早戦うことは叶いません。ここは信じるしかないのです。禰々御料人様は、兄は信じるに足る人ではない、と仰せですが、御館様は信じるとお決めになりました。私どもは御館様に従ってみようと思うております」

「武田晴信様は御館様の義兄に当たられる御方でございます。まさか、事ここに至りて嘘を吐くことはなかろうかと」弥左衛門が言った。

「だと、本当によいのですが」

小見の方は力無く笑うと、私は御館様とともに古府中に参ります、と言った。

「多分、西の曲輪に入ることになると思われます」

別名人質曲輪と言われている曲輪であったが、無坂らの知るところではなかった。

「そこにはな」と弥左衛門が言った。「小夜姫様がおられるはずなのだ」

「実でございますか」

瞬間小見の方の顔に晴れやかな光が射した。

「諏訪が敗れたことは、言うまでもなく悲しい。しかし、姫とまたひとつ屋根の下で暮らせることを思えば耐えられましょう。そなたらには世話になりました。多くの武者に囲まれておりましたが、最後までいてくれたのは、そなたらと弥左衛門らだけでした」

小見の方は目尻を指の腹で拭うと、続けた。

「そなたらに何か礼をしたいと考えました。でも、ここには何もない。せめて小袖があれば持たせも出来ようが、着のみ着のまま逃げてきたゆえ、それすらも出来ぬ。この通りです」

小見の方が板床に手を突いた。

無坂らが懸命に手を上げるように言うと、ゆるりと身体を起こした小見の方が、

「私は、いつ躑躅ヶ崎館から出られるか分かりません」と言った。「もしかすると、今この時が今生の別れなのかもしれません。こうなってみて、つくづく思います。野を駆け、山を巡り、四季の移ろいとともに暮らす、そなたらの生き方こそが本当の暮らしではないか、と。羨ましく思います」

「小見の方様、手前どもにも戦いはあったのです」

「そうなのですか」驚いたように無坂を見た。

「この山は俺たちのものだ、いや、俺のだ、という里で言う領地争いでした。しかし、戦っているうちに、山の者の数が半分近くになるに及んで、ひとりが止めようと叫んだのです。それで気が付いたのです。手前の祖父が若い頃のことでございます。里の人もいつか気付くはずです」

「そうなるとよいのですが……」

弥左衛門が小見の方ににじり寄り、囁いた。武田、二の丸、既に、と切れ切れに聞こえた。

「あまり刻がないようです。間もなく武田の兵が、我らを古府中に伴うために参ります。そなたらは、今のうちに城を出るがよいでしょう」

「小見の方様、どうかご壮健でお過ごしください。いつかまたお会い出来る時がきましたら、その時は必ず、手前どもの山にお連れいたします」

「…………」

「楓様も、です」笹市が言った。

「私も、ですか」楓が言った。

「それはよいですね。楽しみにしていますよ」

「楽しみです」楓が、笹市に言った。

「手前どもは殺されても生きておりますゆえ、何年先になろうと、決して約定は違えません」無坂は板床に置いた両の手の間に、叫ぶように言った。

「顔を上げなさい」小見の方が言った。無坂は顔を起こした。小見の方と目が合った。

「不思議です。また会えるような気になりました」

小見の方は小さく笑うと、それぞれの顔を見てから廊下に消えた。

「裏山への抜け口まで案内しよう。猿しか通れぬと言われているところだが、其の方らなら容易かろう」

弥左衛門が、立つようにと無坂らを促した。

# 第五章　客《まろうど》

# 一

無坂と笹市が木暮衆の集落に戻り、二十日近くの時が流れた。

旧暦の七月の下旬は新暦の八月下旬に相応する。残暑は厳しく、また野分が来る頃でもある。この頃から初冬に掛けて山の者は、長い冬の備えに入る。一番大事なことは、食糧と薪の備えである。無坂は、小見の方や諏訪家の人たちの安否が気になったが、案じていてもどうなるというものではない。与えられた役目に没頭した。

無坂が率いる四の組は、薪の伐り出しが役目であった。役目は年毎に違い、去年は山や川に獲物を求め、燻製を作ることだった。大掛かりな狩りに出る時は、草庵の修復を役目とする組に助けを頼むこともあったが、鹿狩りを主にしていたので、組の者と樹上で待ち受けることが多かった。昼間は川に入り、夜は木に登るという暮らしである。川に浸かるのも、満天の星の下でひたすら獲物を待つのも、面白い作業であった。

無坂らが薪を伐り出している時に、百太郎父子が来たという知らせが入った。

「諏訪頼重様が御自害された、とのことです」駆け上ってきた勘左は息を切らしていた。

俄には信じられなかった。後を、組の筆頭格である千次に頼み、勘左とともに長の小屋に向かった。

百太郎の話によると、無坂らが桑原城を出た翌五日、頼重は古府中へ送られ、十九日に上社大祝の実弟・頼高とともに東光寺に幽閉された。そして二十日夜には、兄弟揃って腹を切らされたらしい。

「原美濃が言っていた、武田とともに頼継を討とう、という話は？」

「すべて嘘だった」百太郎が吐き捨てるように言った。「これらのことは高遠に兵糧米を納めている米問屋の者から聞いたんだが、原美濃って武将《やつ》は、敵の城を無傷で手に入れる名人で、上原城は燃やされたから桑原城だけは、と知恵を絞ったらしいんだな」

「どのみち、やれ、と命じたのは、晴信だろうが」羽鳥が言った。

「晴信は頼重が死ぬと、即刻頼継と諏訪領の分配を決めた。宮川の東を晴信が取り、西を頼継にくれてやった。この手際のよさからすると、晴信が仕組んだと思って間違いねえな」百太郎が言った。

「親を追い、妹の亭主をも殺す。そんな晴信が、伊奈にまで勢力を伸ばしてきたら、どうすればよいのか……」ここを捨てるか、と言いそうになり、羽鳥は別の言葉を選んだ。「これで、諏訪総領家の血を引くのは、寅王様と小夜姫様だけになるのだな……」

「小見の方様はどうなったのでしょう？」無坂が百太郎に訊いた。

「それよ」それを知らせたかったんだ。百太郎が膝を無坂に向けた。「禰津にお預けになったそうだ」

禰津とは、諏訪総領家とは縁戚に当たる小県郡の禰津元直《もとなお》のことである。

「しかもだ。御ひとりではない。小夜姫様もご一緒だ」

「躑躅ヶ崎館からお出になられたのですか」無坂が、思わず声を弾ませた。

「喜ぶ話ではねえぞ。禰津元直の養女として、改めて晴信の側室に迎えるために、一時出しただけではないか、と言っていた。米問屋の先代は元高遠の侍だったから、その辺りの事情には詳しいんだ。話に間違いはねえと思う」

「行きたくて、うずうずしているという顔だぞ」

無坂は志戸呂を睨むと、側室には直ぐにも入るのか、と百太郎に訊いた。

「一年は空けるだろう。何しろ父親を殺したばかりだからな」

「でしたら、御ふたりが落ち着かれるまで少し待ちましょう。せっかく母子が同じ屋根の下で暮らせるのですから」

「禰津方も、武田からの預かり者だからな。今行っても会わせてなどくれんだろう」

秋になれば、山の幸を届けるという口実が出来る。それまでは我慢した方がよいかもしれんな。羽鳥の言葉に百太郎が頷いた。

七月の頭に焼いた畑に、蕎麦の花が咲き始めていた。もう十日もすれば、斜面一帯が白い花盛りになる。

「早いものだな」と志戸呂が言った。「山を焼いてからたった三十余日で花が咲き、二月半もすれば実が採れる。蕎麦様々だな」

志戸呂が率いる三の組は、四つある畑の見回りを役目としていた。この日は、薪を伐り出している無坂を、五日に一回もうけた他の役目の手伝い日だからと、畑に誘ったのだった。

「何か言ってるぞ」

志戸呂が顎で蕎麦畑の中程を指した。水木が伸び上がって両の手を振りながら、豊作になるよ、と叫んでいる。水木も手伝いで畑に来ていた。手を上げて応えている無坂に、

「鹿狩りの手伝いに行くが、付き合うか」と訊いた。「あちこちの畑に現れて、育ち具合を調べてやがるんだ」

鹿の来るのを、一日凝っと木の上で待つ。たまには、やるか。志戸呂が、おうっと

嬉しげに言い、二年目の畑に向かった。

山の斜面を焼いて畑を作り、初年度は蕎麦を、二年目は稗と粟を、三年目は小豆などを、そして四年目は大豆を作った。だが、五年目はない。森を燃やし、灰を肥料とした畑は、四年間の耕作で痩せてしまうからだ。少なくとも数十年は手を加えず休ませねばならない。だから、一所に長く留まるという暮らしでは、毎年ひとつの畑を作り、ひとつの畑を放置することになる。手近なところを畑にしていた初めの頃と違い、年数を重ねるごとに畑は集落から遠くなってゆく。

藪を縫うように作られた小道を歩きながら、

「惚れては駄目だぞ」と突然、志戸呂が言った。

「身分が違う」

「ならいいが……」

気を付けろ、と志戸呂が、右手の藪を指差した。蛇がいるぞ。

馬走の倅の久六と駿平の弟の太平が、猿梨目指して森の中を駆けていた。まだ猿梨の実が熟れるには時期が少し早いが、ふたりが行く先にある猿梨は他のところのよりも早く熟すのだ。去年も一昨年もそうだった。ふたりは猿梨の実が大好きだった。猿が猿梨の実を木の洞に隠すと集落の大人衆が言っているのを聞き、猿は頭が良いとふたりして感心したものだった。

藪の先に猿梨の青い果実が見えた。先に着いた久六が早速味見している。

「どうだ？」太平が訊いた。

「まだ若いな。酸っぱいや」久六が顔を顰めて見せた。

「どれ……」

太平も味見をし、久六と同じ顔を作った。

「あと半月かな？」

「いや、十日と言いたいね……」

「十日かあ」

ふたりは唾を飲み込みながら、猿梨を見上げた。

木の幹に斧を打ち付ける。汗が四囲に飛び散る。古木が音を立てて倒れてゆく。鉈で枝を払い、集落に運べる程の大きさに割る。

古木が倒れる度に、空の広さが増し、落ちてくる光の幅が広がる。伐り拓かれた野は、次の年には焼かれ、新しい畑となるのだ。繰り返される山の営みだった。次の代に渡すために、自分たちがやれることはきちんとやる。それが、先に生まれ、先に死んでゆく者の務めでもあった。

「倒れるぞ」無坂が声を張り上げた。

大木がゆらりと傾ぎ、前のめりに倒れてゆく。誰かが喚声を上げた。千次と玄三らしい。

木の倒れる音と喚声が谷間に谺《こだま》した。


それから二十日程が経った頃、百太郎の倅の日高が、集落に現れた。

「高遠頼継に妙な動きがありましたので、知らせに参りました」

日高の顔付きが居付きの者になりきっていた。上原城や桑原城の出来事が、居付きとしての己を目覚めさせたのだろう。

日高の話によると、高遠頼継の使いの者が、上社の禰宜・矢島満清と福与城主の藤《ふじ》沢頼親《さわよりちか》の元に頻繁に出入りしているらしい。

「頼継は総領家を倒したのだから、当然己が総領家を継ぐものだと思っていた。ところが、晴信に諏訪領の半分を持っていかれてしまった。こんな馬鹿なことがあるか。くすぶっていた思いが抑えきれなくなったのだと、これは親父の言っていたことですが」

「また戦か」羽鳥が訊いた。「飽きもせずに」

「間違いなく頼継は仕掛ける、と親父は言っておりました」

「禰津のことは、何か言ってなかったか」

「何も。と言うのも、武田に逆らうことなど毛ほども考えてはおらぬからだと思います」

天文十年に武田信虎、村上義清、諏訪頼重の軍に海野氏が敗れた時、禰津氏も一敗地にまみれたのだが、諏訪氏の縁戚だからと存続を許された。そこで禰津氏は、繋がりを保つために、武田晴信に側室を差し出した。その甲斐あってか、今は小見の方と小夜姫を預けられるまでに至っているのである。たとえ頼継に誘われたとしても、動くはずがない、と日高が太鼓判を押した。

「ならば、門前払いを食らわされることもなかろう。行ってみてはどうだ？　この戦の世、二度と目通りは叶わぬかもしれぬぞ」羽鳥が言った。

「しかし、役目が……」

冬までに伐り出す木は、まだ半分にも満ちていない。

「後は千次に任せておけばよい。任せるのも育てることだぞ」

「志戸呂の言う通りだ」羽鳥が応じた。「一介の山の者が、諏訪総領家の血を引く小夜姫様の御生母様の安否を気遣うことなど、生涯ないことだぞ」

「羨ましいの」一の組の火虫が、腹の底から声を絞り出した。「事の始めは湯治場よ。どうして俺が薬草を卸しに行かなんだのか。たかがミミズで諏訪家に取り入りおって」

「お前には、邪心があるからだろうよ」

二の組の室津と火虫が上げた笑い声を制して、頼みがある、と羽鳥が無坂に言った。

「入沢衆《いりさわしゅう》を訪ねてほしいのだ」

富樫《とがし》が長を務める入沢衆の集落は、伊奈盆地の北部、松島の集落の西の山中にあった。

去年羽鳥が足首を傷めた時に、入沢衆の見舞いを受けていた。

「その答礼だ。来年、長の《集い》で顔を合わせる前に、礼をしとかんとな」

「土産は、何を？」

「足助鍛冶が打った山刀はどうだ？」

「入沢衆には何かと世話になっています。よろしいのではないですか」火虫が言った。

「地肌にいい模様が出ているのがありました。あれなど喜ばれるでしょう」

切っ先近くの地肌に、鳥の模様が浮き出た山刀があった。刃渡りは八寸（約二十四センチ）。剛直な造りである。

「そうするか」羽鳥が無坂に言った。「遠回りになるが、頼めるか」

「造作もないことです」

「ならば、もうひとつある。龍五を連れて行け」と羽鳥が言った。「倅だからと遠慮して《山彦》に連れて行かぬようだが、龍五はいずれ人の上に立つ者だ。今のうちに、教えられるものは教えておいてもらいたいのだ」

「ですが、俺が抜け、龍五も抜けるとなると……」

「皆のところから助けを出すから心配するな」室津だった。「これは言うまいかとも思ったのだが、中にはお前が小見の方様に懸想《けそう》しているのかと疑っている者もいる。倅を連れて行けば、まさか倅の前で腑抜《ふぬ》けになる奴もいないからな、疑いも解けよう」

「相手が相手だから、皆鵜《う》の目鷹《たか》の目なのだ。悪気があってのことではないぞ」志戸呂が言い添えた。

「分かっている。皆の気持ちはありがたいと思っている。だけど……」

「何だ？」火虫が訊いた。

「これ以上ここにいると、何を言われるか分かりませんね。早速発つことにします」

「逃げるが勝ちだぞ」火虫が言った。

「龍五を連れてこよう」

立ち上がった志戸呂とともに、小屋の外に出た。

「遠投げの話、聞いているか」

何を言っているのか、分からなかった。

「困った親父だな。驚くなよ。この間、二度投げて二度とも二十間（約三十六メートル）先の的《まと》に当てたんだぞ。いや、大した倅になったもんだ」

畑の脇に作った遠投げ場で、標的に向けて木槍を投げる。無坂も何度か挑んだことがあったが、滅多に当たるものではなかった。

「多分まぐれだ」無坂は笑みを噛み殺して言った。


翌朝、若菜と水木に見送られ、夜明けとともに龍五と集落を発った。

禰津まで最短で行くには、芝平峠を越え、甲州街道を横切って湯川に向かい、大門峠から中山道の長窪に出、芦田から善光寺街道の田中村へと抜ける道筋を取ればよかったが、これは復路に回し、往路は入沢衆の集落に立ち寄るため、伊奈街道から下諏訪に行き、中山道を芦田まで直走る道筋を取ることにした。宮田の集落以北の伊奈から諏訪、佐久をぐるりと見ることになる。この辺りの道を見ておくことは、いつか何かの時に役立つはずだった。恐らく羽鳥は先を見越し、龍五のような若い者に見せておきたかったのだろう。

「遅れるなよ」

「誰の倅だと思っているんですか」

「それはな、俺以外の者に言え」

龍五が笑い声を上げた。気持ちが乗っている。いい《山彦》になりそうな気がした。無坂は地を蹴る足に力を込めた。

慣れた道だった。目を瞑《つぶ》っていても、どこに岩があり、枝が張り出しているか、分かる。

背に龍五の息遣いを聞きながら、足を繰り出した。

秋葉街道を鹿塩川に沿って北に上り、市野瀬峠と中沢峠を越え、西に折れた。噴き出す汗を拭い、歩きながら水を飲み、歩きながら蕎麦餅を食い、雲の流れを見ては天候の移ろいを話し、また駆けた。龍五は息も乱さずに付いて来ている。

「いい足だ」と無坂は一言褒めた。

「血筋でしょう」龍五が応えた。

「手槍を二十間先の的に当てたらしいな」

「あれは、まぐれです」

「まぐれでも凄いものだ」

「俺もそう思います」

「こいつめ」

足許の木の葉が、後ろに飛んだ。

菅沼村の漁師の舟で天龍川を渡り、伊奈街道に足を踏み入れた時には、日は中天から大きく傾いていた。

「宮田で露宿するぞ」

天龍川に注ぐ大田切川を渡り、宮田に入り、久津輪衆を訪ねた時に露宿したところに再び草庵を建てた。僅か三か月程前のことなのだが、随分と前のことのように感じた。時は動いているのだ。

二

火を熾し、蕎麦雑炊を啜り込み、朝靄の中を歩き始めた。

草庵を出て二里半（約十キロ）。天龍の流れ越しに伊奈部の集落が見えた。反対の西の方角を指し、真っ直ぐ行くと鍋懸峠だと教えた。

「覚えています。岩に座って見た天龍がきれいでした」

五年前の僅かな日数での行を、そこまで覚えていれば、山中を旅する素質は十分あった。

「峠を越えれば木曾だ。この先に福島《ふくじま》という集落があるが、木曾には福島《ふくしま》という名の大きな集落がある。聞き違えると、とんでもないそっぽに行くことになるからな」

「覚えておきます」

街道と並んで走る野道を、ひたすら北に向かった。天龍越しに福島、福与と過ぎた。福与には、藤沢頼親の居城・福与城がある。高遠頼継の使いが出入りしているとすれば、街道に関を設け、通る者に目を光らせていることだろう。あらぬ疑いを掛けられれば、命は容易く露と消えるに違いない。

「城の周りは、なるべく避けて通るのがいいぞ」

自らに言い聞かせるように言うと、松島の集落を前にして街道を離れ、天龍に注ぐ川を遡るようにして山の方へと歩みを向けた。

入沢衆の集落は、土地の者が北の沢川と呼ぶ川の上流域にあった。

山に分け入り、沢を一刻（二時間）程登ると、橅や楓や小楢《こなら》の群生する小暗い森になる。敷き詰められた葉の柔らかな感触を楽しんでいるうちに、朴《ほお》や山桜の森になる。更に山肌を縫うように進み、崖の獣道を下りて行くと、谷の底に集落が見えた。入沢衆の集落である。小屋の配置は、木暮の集落と似ていた。中央に厨と飯場を併置した大納屋があり、それを取り囲むように小さな小屋が並んでいる。飯場から煙が上がっていた。五年前、龍五を連れて久津輪衆の集落を訪ねた折に立ち寄った時と、少しも変わっていなかった。

ふたりで谷の底を覗き込んでいると、背後の藪が割れ、集落の見張りが顔を覗かせた。男の顔が数瞬の後、叔父貴、と言ってほころんだ。男の名は、作次郎《さくじろう》。五年前は、十七、八の若い衆だった。作次郎は龍五の成長を手放しで喜んでから、谷の底の集落に向かって指笛を吹いた。小屋から飛び出して来た者たちが、手庇《てびさし》を翳《かざ》して見上げている。

「驚いているようだぞ」

「滅多に人が来ないのに、一度に二組の客《まろうど》があったからですよ」

「どこの衆だ？」

「鳥谷《とや》衆の若い衆です」

聞き覚えのない名だった。長の集いに来ていただろうか。

いいえ。俺も初めて聞く名です。信濃と越後の国境辺りにいたそうなのですが、雪崩で集落が潰れたので、生き残りが散り散りになったという話です。

大変な目に遇ったのだな。それが、どうしてここに？

駿河の方に行くのだと言っています。散り散りになったが、別れる時に、どこにいようと来年の五月の朔日、秋葉神社で落ち合おう。それまでに、どこかによい土地を見付け、またともに暮らそう、と約しているそうです。

「頼もしいな」

「会ってみてください。気持ちのいい者たちです」

「力になれるといいがな」

無坂と龍五は作次郎と別れ、崖の小道を下った。

崖下から見上げると、よくも急峻《きゅうしゅん》な崖に畑を作ろうと思ったものだと感心する。まだ落ちた者は、ひとりしか出ていないらしい。崖上の作次郎に手で応えている間に、集落の者に囲まれた。それぞれが思い思いのことを問うてくる。それらのひとつひとつに答えていると、押っ取り刀で現れた小頭の佐原《さわら》が、後にせんか、と叱り付けてから長の小屋へ導いた。

長の富樫の小屋には、もうひとりの小頭の荒瀬《あらせ》とふたりの若い衆がいた。鳥谷衆のふたりなのだろう。ふたりが床に額を擦り付けるように頭を下げた。

無坂は頷くに留め、富樫に見舞いの礼を伝え、土産の山刀を渡した。

「足助鍛治のではないか」富樫の目が輝いた。

「気に入ってもらえましたか」

「これは、ありがたい」富樫は山刀を両手で拝むように捧げ持つと、羽鳥の長に、と言った。「くれぐれもよろしく伝えてくれ」

富樫は山刀を木鞘に納めながら鳥谷衆のふたりと、無坂と龍五を引き合わせた。

「真崎《まさき》の背子と十四《とし》の背子だ」

ふたりが改めて手を突いた。富樫は、山刀を背後に設けた棚に置くと、足助に行ったことはあるか、とふたりに訊いた。

「木暮衆は、《足助働き》をする。特に無坂は、《山彦》の無坂と呼ばれる男でな。木暮衆の《山彦》をひとりで背負っている。何か尋ねたいことがあったら、遠慮なく訊くがいいぞ」

「いろいろなことが、あるのでしょうね？」真崎が言った。

「危ない目に遇ったことは？」十四が訊いた。

「無いことはないが、切り抜けられると信じていれば、何とかなるものだ」

「何ともならない時が来る、とは思われませんか」真崎が訊いた。

「おい」十四が真崎の脇を小突いた。

十四を制して無坂が答えた。

「来るかもしれないが、その時のために、後に続く若い者がいるのではないのかな」

「不躾な物言い、申し訳ありません。こいつは一度に親兄弟を亡くしているので」十四が、取り繕うように言った。

「雪崩と聞いたが」

「はい。夜中に……」

頃合と見たのか、荒瀬が戸の外に向かって、誰かいるか、と問うた。現れた若い衆に、女衆が美味いものを作っているはずだ、と言った。

「酒でも振る舞ってやれ」

鳥谷衆のふたりが小屋を出ると、富樫が、長の座を退こうかと思っている、と口にした。

「足腰が弱って来たからな」

「熊と出会《でくわ》したら？」

「逃げる前に、腸を食い千切られてしまうわ」富樫が力なく笑った。

「佐原の叔父貴は、何と？」

「まだ訊いていない。長を継ぐのは年上の荒瀬だからな」

「佐原の叔父貴には《山彦》を任せてはどうですか。外を駆け回っていると、長の地位とかに拘らなくなりますよ」

「それは、お前さんのことかい？」富樫が訊いた。

「親父さんは、長の器量があるのに、なろうともしない。勿体ねえよ」荒瀬が龍五に言った。

「多分、《山彦》が性に合っている。それだけのことではないでしょうか、と言っていたのは、母さですが」

「よく覚えていたな。俺も、そう言われた……」

「飲むか」富樫が言った。

「飲みましょう」

「若いのは若いので飲むだろうから、俺たちは俺たちで飲もう」富樫が、龍五にどっちで飲んでもいいぞ、と言った。

「では」後で戻って来ます、と言って、龍五は笑い声のする大納屋の方に出て行った。

「龍五に好いた女子はいるのか」富樫が、小声で訊いた。

「聞いたことはないですが、いないのでは」

「ならば、言っておいてくれ。入沢の女子でよければ、選り取り見取りだとな」

「分かりました」

富樫は間もなく酔い潰れてしまった。

「弱くなりましたね」

「先に潰れるようになったら長の座の退き時だ、と常々言っていたんだが」

「羽鳥の長は、山駆けで後れを取ったら長を下りる、が口癖です」

「速いのか」荒瀬が訊いた。

「足首を傷めてからは、どうも」

笑い声で目を覚ました富樫が、寝るか、と訊いた。明日は早発ちするつもりだった。寝るにしても遅くなっていたが、もしやと思い富樫に尋ねた。

「おばば様は？」

「おう、会ってくれるか。おばばはほとんど寝ない方だから起きているはずだ」

ヨネの大叔母は、既に百を超えている歳なので、入沢衆の主ともおばばとも呼ばれていた。

「分かっているだろうが、最早昨日のことはおろか、たった今のことも覚えてはおられぬからな」

「心得ています」

おばばの小屋は富樫の小屋の隣にあった。

「珍しい人を連れて来ましたぞ」

富樫に続いて小屋に入ると、囲炉裏の前にちょこんと置物のように座っている小さな像が見えた。おばば様だった。無坂は膝を揃えて座り、深く頭を下げ、集落を訪ねた挨拶と長寿を祝う言葉を並べた。おばばはにこにこと笑いながら聞き終えると、歯のない口をもぐもぐと動かしていた。

「こうして、入沢の火を守っていてくださるのだ。ありがたいことだ」

囲炉裏の火は、入沢の集落が出来た時から、消えることなく燃え続けている火だった。

「時々、おばばは死なぬのではないかと思うことがある。多分俺より長生きするぞ」

小屋から出ると、富樫が無坂に言った。無坂も似たようなことを感じていた。思わず、目だけで笑い合いながら、谷の底に下りてきた冷気をふたりで吸った。

まだ他の小屋では、ざわめきが続いている。

無坂は黒く聳えたつ崖を見上げた。崖に縁取られた夜空が、丸く広がっていた。

翌朝、無坂と龍五は、富樫ら集落の者たちに見送られて崖を上った。見送りの輪の中に鳥谷衆のふたりの姿はなかった。崖上まで、と付いてきた荒瀬にふたりはどうしたのか、尋ねた。

「酒の勢いだろうが、泊めてもらった礼に集落の隅に薬草園を作る、とか言ってしまったもので、早起きして薬草を探しに出たそうだ」

後先考えずに言う。若さ、なんだろうな。荒瀬が岩に手を掛け、跳ねるようにして崖を上っている。

「また寄らせていただきます」と無坂が言った。

「待っている」荒瀬が応えた。

その時、鳥谷衆の真崎と十四は、崖の小道を上っている無坂らを木陰から見ていた。ふたりの横に、もうふたりいた。鳥谷衆の棟梁・石雲《せきうん》と小頭の作間《さくま》である。

「木暮衆の無坂と名乗っていました」真崎が言った。

「あの顔です。間違いなく、若棟梁を殺した者ですな」作間が言った。

戻らぬ若棟梁の岩鬼《いわき》を探して足助から鳳来寺を尋ね回ったのは、作間だった。《わた屋》の護衛の者が盗賊を退治したことを聞き出し、木暮衆の集落近くの藪に潜み、無坂の顔から集落の人数、人の出入りまでを調べ上げていた。無坂が、武田が攻めてくる、と上原館に走る前のことになる。

「顔は見た。忘れぬ」

「仇を討たないのですか。奴の供はひとり。好機ではありませんか」

「ならん」石雲が、声を押し殺した。「今ここで奴を殺せば、必ずや木暮衆が、帰らぬ奴を探しに来る」

「かもしれませんが……」

「となると、我らは入沢衆から手を引かざるを得なくなる」

それは出来ぬ、と石雲が、続けて言った。儂らの人数に合い、また出入りの少ない集落を今から探すとなると、露宿暮らしをさせている皆を、更に待たせなければならなくなってしまう。入沢衆の集落は、この冬を越すのに、何としても必要なのだ。

「今は、仲間が飢えず、凍えず、冬を越すことを第一に考えねばならぬ。奴に引導を渡す機会は、まだ先にある。帰るところも分かっているのだしな。奴を殺すのは、今でなくともよいわ。儂のことは後だ」

石雲は、崖の小道を上る無坂を射るように見詰め、雪崩で集落の者の半数が死んだ、と言った。生き残った儂らは誓ったはずだ。儂らのためにだけ生き、儂らのためだけに死のう。そのためには盗賊にもなろう、鬼にもなろう、とな。集落の者のことが何よりも先だ。安住の地を見付けたら、儂は作間、お前に棟梁の座を譲り、仇を討ちに行く。

「それまでに機会を得られなかった時の話だがな」

奴らに落ち度はない。卑怯な手で岩鬼を殺したのではないことは、作間の調べで分かっている。盗賊を働いたこちらに非があるのは明白だ。恨みに思うことも、仇と思うことも間違いだ。理屈は分かっている。だが、親の気持ちは別だ。道理など、知ったことか。

無坂と龍五が集落を見下ろし、手を振り、また上り始めた。崖に張り付くようにして、畑仕事をしていた若い衆が、声を掛けられ、白い歯を見せて応えている。

「見ろ」と石雲が作間らに言った。「儂らが必死なように、入沢の者も懸命に日々を生きているのだ。違うのは、儂らはこれからも続いてゆくが、向こうは間もなく終わるということだ」

無坂と龍五は辰野に出ると、岡谷から中山道の下諏訪に抜けた。ここからは、ひたすら中山道を走らねばならない。

下諏訪から難所と言われている和田峠を越え、和田の集落までが五里十八町（約二十一・六キロ）。和田から長窪までが二里（約七・九キロ）。更に、笠取峠を通り芦田までが、一里十六町（約五・七キロ）。まだ余力はあったが、計約九里（約三十五・二キロ）の道程を、ほぼ走り通していた。後は、芦田の集落と善光寺街道を結ぶ間道を北に向かって二里二十町（約十キロ）行き、小諸と田中の集落の中程に出ればいい。半里（約二キロ）のところに禰津館がある。間道に折れ込んだところで露宿することにした。

「いい走りだったぞ」龍五に言った。龍五は、草庵にする枝を伐り出している。

「道があるんだから、楽ですよ」

「山の者の言葉だな」

「親父こそ、その年で大したものです」

「何を言うか。俺は四十になっても五十になっても、これくらいは駆けるからな」

草庵が建ち上がる頃には、蕎麦雑炊が出来た。

「若菜のことなんですが」

玄三と好き合っているのではないか、と龍五が、箸を止めて言った。無坂も、若菜が玄三と親しげにしているのを見、尋ねようとしたことがあったと話した。

「ふたりとも年回りはいいし、決めたらどうです？」

玄三は十七歳、若菜は十六歳。無坂と千草が婚礼を挙げた年だった。

「そう言うお前はどうなんだ？」

「親父の気に入ったのでいいですよ」

「探すぞ」

「任せます」

雑炊を食べ終えると、龍五は軽くいびきを搔きながら眠ってしまった。無坂は、龍五と年回りの合いそうな娘の顔を順に思い浮かべていたが、草庵の周囲を歩き回る小さな獣の脚音を聞いているうちに、いつの間にか眠りに落ちてしまった。

木暮の集落を発って四日目に、禰津に着いた。

三

無坂と龍五は埃を払うと、禰津館の追手口に向かった。館はぐるりを堀で囲まれていた。土塁敷《どるいしき》は石垣で、急勾配の土塁の上には板壁が巡らされており、ところどころに矢倉が立っている。

迷わずに歩み寄って来る無坂らを見咎め、門番が進み出て来た。

「ここは、お前らの来るところではない。早う立ち去れ」

「手前は山の者で木暮衆の無坂、これは倅の龍五と申します。小見の方様のお側の方に、無坂が来た、とお伝えいただけないでしょうか」

門番が音高く舌打ちをした。

「お前、気安くお名を出したが、小見の方様がどなたか、存じているのか」

「一度ならずお会いしておりますので」

「何……」

待っておれ。門番は言い置くと、詰所があるのだろう、追手門の裏に走り込んだ。

寸刻の後、緋色の陣羽織を身に着けた武士が、門番の後ろから出て来た。武士に問われ、無坂が再び名乗った。

「小見の方様にお言葉を賜ったやに聞いたが、実か」

「詳しく申し上げますと、小夜姫様とも、諏訪総領家の亡き御館様とも、でございます」

武士は門番と顔を見合わせていたが、ふと思い立ったのか、本当か、と訊いた。

「本当に、山の者なのか。身分を偽っているのではあるまいな?」

「山に生き、山に死ぬ、山の者でございます」

無坂に押されるものを感じ取ったのか、武士は暫時待っているように無坂らに言い置くと門内に駆け込み、詰所の方に消えた。

館の奥まで走っているのだろう、そのまま時が流れている。

「なあ」と門番が小声で訊いた。「山の者は、目を瞑ったまま夜道を走ると聞いたが、本当か」

「本当です」

「闇夜でもか」

「灯りは要りません。風が、草木のにおいが、教えてくれますので」

はあっ、と門番が口をあんぐりと開けている。

龍五が横目で無坂を見た。無坂は、黙って空を見上げている。追手門の奥で人の話し声がした後、先程の武士が額に汗を浮かべて戻って来た。

「参るように、とのことだ」

「お手数をお掛けいたします」

山刀や背負子を詰所に預けようとすると、

「そのままでよいそうだ」急き立てるように言った。「付いて参れ」

武士の案内で追手門を通り、館の敷地に入った。中は馬場になっており、それを二方から挟むように厩や長屋が設けられていた。馬場を見ながら、奥に向かった。本殿と付属屋などが建ち並んでいた。

無坂らは本殿への道を進み、本殿の門前から塀に沿って回り、手入れの行き届いた櫟《くぬぎ》の木立を抜けた。

木戸があった。その木戸脇に見慣れた武士がいた。田尻新兵衛の息・小十郎だった。桑原城で別れてから僅か一月足らずだが、顔に凜としたものが見受けられた。

「ご無事で何よりでございます」無坂に倣い、龍五も膝に手を当て、深々と頭を下げた。

「よう来られました。おいでなさい」

ここまで案内した武士に礼をし、小十郎の後に従った。

木戸を通り、本殿に続く渡り廊下脇の露地を更に奥へ進んだ。

「小十郎様、御父上様は？」無坂が訊いた。

「息災です」

「それは、ようございました」

「知らぬのですか」

「何を、でございましょう？」

「武田の御館様に命じられて、中井弥左衛門様の一目図作りを手伝うているのです」

「中井様もご壮健なのでございますか」

「左様です」

「今、一目図と仰せになられましたか」

「言いました」

上原城の焼け跡を検分していた板垣信方《いたがきのぶかた》が、炎に炙《あぶ》られ、壊れ掛けていた、上原の地を中心にした弥左衛門の一目図を見付け、晴信に献上したらしい。

――我ら、これまで紙の上に絵図を描き、平らな山河を見ながら戦評定をいたして参りました。ですが、これは山の高さ、谷の深さを恰も鳥の目にて見たように仕上げた一目図にございます。これで信濃全図を作れば、評定はこの上なく精緻なものになりましょう。この一目図を作った者を調べ出しました。中井弥左衛門と申し、桑原城落城とともに躑躅ヶ崎館に引き連れて来た者のひとりでございました。何卒、この者を某《それがし》にお預けいただきとうございます。新たな一目図を作らせれば、必ずや武田家の御為になろうかと存じます。

主君・頼重を殺した晴信に与したくはなかったが、小見の方と小夜姫がいる。弥左衛門は田尻新兵衛を手伝いに所望し、武田領を勝手に歩き回る許しを得たのだ、と小十郎が早口で言った。

「あの一目図がそのような役目を果たしたとは思いも寄りませんでした」

「父から聞きました。あの一目図は、無坂殿の手直しがあったればこそ出来上った、この後、助けを頼むことになるやもしれない、という話でした。お含み置きくださ い」

「助けとは勿体ないお言葉でございます。中井様と御父上様のお役に立てれば、この上ない幸せと存じますれば、そのようにお伝え願います」

「無坂殿のご厚情に礼を申します」

小十郎が足を止め、無坂に頭を下げた。無坂が慌てて、小十郎より低く頭を下げた。

露地が尽き、庭に出た。庭に面して御殿の広縁が続いている。広縁は渡り廊下で主殿へと繋がっているらしい。

池の水を落とす小さな流れを越えたところに階《きざはし》があり、踏み石が置かれ、玉砂利が敷き詰められていた。踏み石の傍らで待つように、と小十郎が言った。

背負子を下ろし、片膝を突き、斜め前方に目を遣っていると、広縁の先から衣擦れの音が近付いてきた。無坂と龍五は頭を深く下げた。

「よう来てくれました」小見の方の声だった。

無坂は、玉砂利に目を落としたまま口を開いた。

「小見の方様のお心内を思うと、胸が張り裂けそうにございます。直ぐにも駆け付けたかったのでございますが、今日まで我慢に我慢を重ねておりました」

「変わらぬそなたの忠節、礼を申します」衣の音がした後、小見の方の声音が変わった。「いつまでそうしているのです。顔を上げなさい」

涙を拭ったのかもしれない。無坂は、ゆっくりと顔を上げた。小見の方の横に小夜姫と、後ろに侍女の楓がいた。

「ミミズの無坂、久しいの」小夜姫が悪戯っぽく笑った。

「ご健勝とお見受けいたします。何よりと存じます」

それよりも竹節虫じゃ。小夜姫が言った。

「よう学ばせてもろうたぞ」

小夜姫は無坂から龍五に目を移し、名を問うた。初めて見る顔のようだが。

「倅の龍五にございます」

無坂が龍五を促した。龍五が名乗った。

「どちらの方が走りは速いのじゃ？」小夜姫が無坂と龍五を見比べた。

「この行に出るまでは手前、と思っておりましたが、今は互角か、と」

「では、近いうちに抜かれるのじゃな」

「そうなりましょうか」

「龍五、頼みがある」小夜姫が言った。

「はい……」

龍五の声が固く引き締まった。

「それは、背負子というのだそうだな？」小夜姫が、脇に置いている背負子を目で指した。

「左様にございます」

「頼みというは、他でもない。それでわらわを負うてくれぬか」母に聞いたのじゃ、と小夜姫が続けた。「楓にも聞いた。空が見え、実に気持ちがよかったとな」

無坂が小見の方を見た。小見の方が頷いた。

「よろしいのですか」龍五が無坂に訊いた。

「お許しをいただいた」無坂が答えた。

小夜姫が広縁から踏み石に下りた。龍五は、背負子の籠を外し、着替えの刺し子を腰板に置くと、自分が腕を通す肩紐と小夜姫が腕を通す肩紐をしごいて広げてから己の側の肩紐に腕を通した。

「落とさぬようにな」小夜姫が、背負子の枠から耳のように飛び出している肩紐に手を通した。蔓で編んだ背当て越しに、小夜姫の背が当たるのが分かった。子供のように華奢な背をしていた。

「立ち上がりますが、よろしゅうございましょうか」龍五が小夜姫に訊いた。

「よいぞ」

よろけないように前屈みになり、小夜姫を腰に乗せて立ち上がろうとすると、背が大きく後ろに傾いたためか、小夜姫が小さな悲鳴を上げた。

「大丈夫でございますか」

「大事ない。驚いただけじゃ」

「では」

龍五が拍子を付けて立ち上がった。軽かった。一瞬振り落としたのかと思い、振り向こうとしたが、背が当たっている。姫は乗っているのだ。

「歩いてみましょうか」

「もちろんじゃ」

龍五が広縁の前を歩き始めた。小夜姫は両の手で肩紐を摑むと、足を垂らし、空を見上げている。

「何か急ぎの用向きでもあったのですか」

小見の方が、小夜姫の方に目を向けたまま無坂に訊いた。高遠頼継が不穏な動きを見せていることを話した。小見の方は黙って聞き終えると、武田は諏訪の城だけでなく、高遠の城もほしがっているのだ、と言った。

「信濃を掌中に収めるためには、ともに丁度よいところにありますからね」

頼継様に宮川から西だけの地しか与えず、怒り出すのを待っているのでしょう、と小見の方は晴信の胸のうちを読んだ。もし頼継様が動けば、叩くよい口実になりますしね。

「頼継様は、己が武田の信濃攻略の道具に過ぎないのだと気付くべきでした。でも人は悲しいことに、自分の器は計れないし、計ろうともしない。戦になれば、頼継様も、頼継様に与した者も皆、滅ぼされることになるでしょうね」

そうなのだろうか、と無坂は思った。諏訪頼重恩顧の方々が、武田よりは、と力を結集して立ち向かえば、武田と雖《いえど》も容易には勝てぬのではないか。無坂は思いを口にした。

「結集などさせませんよ、晴信様という御方は。諏訪の血を引く寅王様を押し立てれば、諏訪の旧臣の多くは武田に付きますからね。そのために武田は、禰々様と寅王様を躑躅ヶ崎館に抑えているのですよ」

成程、と聞き入っている無坂に、小夜姫が背負子の背に揺られながら声を掛けた。

「その武田の側室に、わらわはなるのだそうじゃ」小夜姫が言った。

「……心中、お察し申し上げます」

「間違えるでない。楽しみでもあるのじゃ。今後、武田がどうなって行くのか。間近に見ることが出来ようからな」

「…………」

「竹節虫から学ばせてもろうた、と言うたであろう。竹節虫の生き方はつまらぬ、とよう分かった」

小夜姫は、もうよい、と龍五の足を止めさせ、背負子から下りてから言った。

「そなたの背は温かかった。わらわがこの世で最初に知った男の背の温みじゃ、忘れぬぞ」

龍五の頬が、見る間に染まっている。

「姫様、そのようなことを口になされては、なりませぬ」侍女の楓が窘めた。

「どうしてじゃ？」

「武田の御館様の耳に入れば、この者たちにどのような仕打ちが襲い掛からぬとも限りません」

「ここには、我らしかおらぬではないか。誰が言い付けると申すのだ？」

「姫様、ここは上原館ではございません。どこかで誰かが身を潜めて聞いているかもしれないのです。常に、そのことをお考えなさいますようにお願いを申し上げます」

分かりましたね。小見の方は小夜姫に諭すように言うと、無坂に訊いた。

「薬草は？」

「お持ちいたしました」

上原館ならば詰め替えれば済むが、ここは禰津館である。前に置いていたものはない。薬草を詰めた竹筒を籠から取り出し、広縁の縁に並べた。効能と分量は竹の腹を削り、墨書きしてある。

「ありがたいことです」

「躑躅ヶ崎館にも届けてくれようか」小夜姫が言った。「程なくすると、禰津から移らねばならぬのじゃ」

「まだまだこちらにおられるものと、思っておりましたが」

「わらわもじゃ……」

小夜姫が乾いた笑みを見せた。無坂は気付かぬ振りをして言った。

「姫様がお望みとあらば、どこへなりと」

「約《やく》束したぞ」

小夜姫が階に足を掛けた。木漏れ日を受けた爪先《つまさき》が、白く光った。

# 四

小見の方の御前を辞す前に、そなたらに用のある時はどうすればよいのか、と楓に問われ、居付きの百太郎の住まいする安達篠原を教えた。使いの役目には、田尻小十郎が当たることになった。

「百太郎に伝え、田尻様が心地よく泊まれるようにしておきましょう」

食べるものは蕎麦餅か蕎麦雑炊で堪えてもらえばよいが、壁蝨の始末だけはしておかねばならないだろう。柿渋で家中を洗い清めるのは面倒な仕事だった。百太郎らの眉を寄せる顔が目に浮かんだ。

「百太郎の足は並の速さではありません。田尻様には安達篠原でお待ちいただくことになりますので」

「委細承知しました。そのようにいたしましょう」

小十郎に追手門まで送られ、無坂らは禰津館を後にした。

帰る道筋は、決めてあった。長窪から大門川沿いに走り、大門峠を越えて湯川に出る。そこから御作田《みさくだ》を通って甲州街道を渡り、芝平峠から秋葉街道に抜けるという、禰津と集落を結ぶ最短の道であった。

長窪までは、来る時に走った道である。龍五の足も伸びやかに出、昼を過ぎた頃には長窪に達していた。

長窪を過ぎて少しの大門川の畔で昼餉を摂り、谷間の道を大門峠に向けて距離を伸ばした。集落での務めを、仲間に助けてもらっての行である。帰るとなれば、少しでも早く集落に着きたいという思いが、走る速度を上げていた。

上り坂になり、歩みに代えたところで、後ろから来る龍五が、親父と呼び掛けた。

「何だ？　速過ぎたか」

「そうではなくて……」歯切れが悪い。

「昨日の話、なしにしてくれませんか」

思い当たることがなかった。訊いた。

「嫁のことを任せる、と言った話です」

「どうしたのだ？」

「もう少し野山を駆けずり回りたくなったんです。親父のように」

「それならば、嫁をもらっても出来るだろう。俺は、そうしてきたぞ」

「青地の大叔父の血が入っているのか、遠くにも行ってみたいし、そうなると、嫁を残して行くのも可哀相ですしね。もう一、二年したらお願いしますから」

「だがな……」

何と言おうかと、地に目を落とすと、短い棒状のものが目に入った。猿の糞だった。点々と落ちている。

風の向きが変わった。背後から背を押すように吹いていた風が巻き、顔に異臭が吹き付けてきた。猿だ。龍五も、気付いたらしい。無坂を素早く見ると、口を閉ざし、辺りの様子を窺っている。

水音が立った。見上げると梢にいた猿が小便をしている。金色の雫《しずく》が横に流れてゆく。

気付かないうちに猿の群れのただ中に入り込んでしまったのだ。人の行き交う街道だからと油断したのが間違いだった。

「親父……」

何か言おうとする龍五を制して、猿どもを見回した。四十四ばかりの群れであるらしい。頭目の猿を探した。

科木《しなのき》の枝に座り、凝っと見下ろしている雄猿がいた。あいつか。目を吊り上げ、睨むようにして無坂らを見ている。

こいつらは……。

別の群れだな。以前に鹿を襲っていた猿とは違う群れのように思われた。だからと言って、襲わないとは言い切れない。ここは、静かに歩いて通り抜けるしかないだろう。ゆっくりと進むように龍五に言い、足を踏み出した。

頭目猿が、ホッと鳴いた。群れの顔が無坂らに向いた。道に出ていた猿が、藪の方へ下がっている。と、それらの動きに逆らうように仔猿が一匹、ちょこちょこと龍五の足許に進み出て来た。

頭目猿の声が小さく尖った。仔猿が立ち竦んでいる。母猿が牙を剝いて、鳴き声を上げた。仔猿を呼んでいるらしい。

「何も、するな」

「しません……」

仔猿が龍五の足許を離れた。尻を振りながら母猿の方に戻ろうとした時、頭目猿が高い鳴き声を上げた。猿どもが一斉に悲鳴のような声を発して、我先にと藪に飛び込んでいる。取り残された仔猿は、走り出して来た母猿が攫《さら》うようにして藪に引き摺り込んだ。

「何があったんです？」

「あれだ」と無坂が、顎で空の一点を指した。

鷲が翼を広げ、悠然と飛んでいた。鷲に気付き、猿どもは逃げ惑ったのだ。

「お蔭で助かったな。抜けるぞ」

無坂と龍五は、押し黙ったまま峠を越えた。


九月に入ると、俄に戦の気配が濃くなった。居付きの百太郎から、日高を介して、

——始まりそうだぞ。来ないのか。

と呼び出しが掛かったが、小見の方には知らせたから、と無坂は集落を動かず、冬構えに精を出すことにした。

百太郎が木暮の集落を訪れて来たのは、九月の末のことだった。

百太郎は唇を舐めると、この九月の十日のことだ、とぐるりの顔を見回した。

「諏訪上社の禰宜・矢島満清、福与城主・藤沢頼親と結んで、えれぇ強気になった高遠頼継が、上原城を襲った。武田から城を奪い返し、その上、諏訪上社と下社を我が物とした。当然、晴信は怒った。怒って、諏訪に討って出た。さあ、そこで晴信がどんな策を取ったか」

「寅王様を使ったのですね」

「何だ、知っていたのか」

小見の方が見立てた通りに戦は進んでいた。無坂が話すと、百太郎は大きく頷いてから続けた。

「晴信が寅王を押し立てたため、諏訪の縁者どもは武田に付いた。これで勝敗は決したと言ってもいい。頼継らは宮川河畔で最後の戦を仕掛けたんだが、武田の完勝で終わってしもうたわ」

頼継軍がどうなったかを尋ねた。ことごとく討ち死にともなれば、久津輪衆も無事ではいられないだろう。

「高遠に逃げた。青息吐息でな」

この宮川河畔の戦いは、別名安国寺の戦いとも呼ばれるもので、九月の二十五日の未ノ刻（午後二時）に始まり、およそ二刻半（五時間）程で決着が付いたと言われている。

「藤沢頼親は降伏して古府中に送られ、矢島満清は捕らえられ、禰宜の職を取り上げられたらしい。噂だがな」

「これで暫く戦は起こらぬとよいのだが」羽鳥が言った。

「晴信はまだ、諏訪と伊奈の半分を手に入れただけだ。信濃は広く、晴信をよく思わん者は多いからな」

残る伊奈の地には、松尾城主・小笠原信定《のぶさだ》がいた。その他主立った者だけでも、北信濃には葛尾《かつらお》城主・村上義清《よしきよ》が、南佐久には内山城主・大井貞清《さだきよ》が、北佐久には志賀城主・笠原清繁《きよしげ》がいた。

「信濃だけではない。いずれは、相模とも、駿河とも戦うことになるだろうよ」

「里者の戦に巻き込まれることだけは、避けねばな」

「久津輪衆がどうなったか、知りませんか」無坂が訊いた。

「高遠軍に付いていた者は散り散りになった。集落に戻り、冬の備えを始めたのではないかな。すべての死骸を見た訳ではないが、雑兵の中に山の者らしい死骸は見掛けなかったぞ」

「生き延びてくれれば、これで落ち着くかもしれないのですが」

草次郎は、瀬名は、無事に集落に戻ることが出来たのだろうか。気にはなったが、久津輪の集落に禰津、と幾たびも集落を出ている身としては、見に行きたいとは言い出せなかった。

伐り出してもらっていた木を割り、薪を作らねばならないし、粟と稗に続いて蕎麦の穫り入れの手伝いもしなければならない。抜ける訳にはゆかなかった。

「汗を流すしかあるまい」

毎日朝から晩まで斧を振るっていると、集落の者の婚礼の相談で外に出ていた室津が、焼けた上原城の築城に加わっていた古賀衆《こがしゅう》が耳にした話を持ってきた。

「禰津の小見の方様と躑躅ヶ崎館の小夜姫様が、ともに上原に移るという話があるそうだ。館を建て直し、奥に小夜姫様らが住むのではないか、と言っていた」

話の出処は、築城のために詰めている奉行らだった。晴信は、重臣の板垣信方を諏訪郡代の職に就け、上原城に留めている。諏訪を支配してゆく上で、諏訪氏の血を引く小夜姫は、上原の地に置くのが得策と考えたのかもしれない。

「それもそうなのだが、実のところは小夜姫様と禰々御料人様の反りが合わないためらしいな」

年は若いが、気の強い小夜姫を前にすれば、禰々の方が引いてしまうのだろう。禰々の痛々しげな様子が目蓋をよぎった。

しかし、小夜姫や禰々の胸のうちを思っている暇はなかった。薪作りの合間を縫って、連日のように粟に稗の穫り入れに駆り出されていた。明日からは蕎麦の畑に向かわねばならない。

食糧蔵に粟を収めていると、志戸呂が小走りで近付いて来た。蕎麦の株を手に、満面に笑みを浮かべている。どうした？

「豊作だぞ」蕎麦を持ち上げ、何粒あるか分かるか、と訊いた。「何と一株に三百五十だぞ」

凶作の時は、五十粒に満たないこともあった。三百五十粒というと、これまでにない数ではないか。

「それよ。俺は狩りの志戸呂様だと思っていたが、どうやら野良の志戸呂様だな」

志戸呂は言い置くと、長の小屋に入って行った。豊作です、と叫んでいる志戸呂の声が外にいる無坂の耳にまで届いた。

思わず笑っていると、若菜と玄三が見張り小屋の方から並んで歩いて来るのが見えた。無坂はゆるゆるとふたりに背を向け、蔵の戸を閉めた。

「叔父貴」と玄三が駆け寄って来た。若菜も続いている。真剣な面持ちだった。

「何だ？」無坂はわざとぶっきらぼうに答えた。

「俺たち、あの……」

言い淀んだ玄三の腋を若菜が小突いている。

「叔父貴にお願いがあるんです」

玄三が意を決したように言った。

「待て」無坂が言った。不意打ちではないか。応えなど用意していないぞ。

「父さ」若菜が一歩前に出て、氷室《ひむろ》、と言った。「あしら、氷室を作りたいの」

一瞬無坂は、若菜が何を話しているのか分からなかった。

「もう一度、言ってくれ」

「氷室よ。氷室、知らない？」

「知っている」

冬場の氷や雪を夏場まで蓄えておく小屋、もしくは穴のことである。しかし、そのようなものがなくとも暮らしてゆける。

「そうじゃないの。冬に雪を固めておいて、夏になったら里の長者様たちに売るの。上手くゆけば、《足助働き》とか行かなくても済むはずでしょ。そりゃ失敗するかもしれないけど、試してみてもいいと思うの。父さから長に話してくれる？」

「本当に氷室なんだな？　氷室でいいんだな？」

「だから、そう言ってるじゃない」若菜が頰を膨らませた。

「俺の子供の頃、作ったのがいたな。穴を掘って、落葉とか枯れ草を敷き詰めた上に雪を置き、また落葉を被せたのを作っていたが、それ程保たなかったように覚えているぞ」

「もっとしっかりしたものです」玄三が憮然として言った。「小屋を作るんです。夏を越しても雪が解けないような氷室の小屋を」

作る場所を尋ねた。決めていたのだろう、畑に行く途中の窪地だ、と即座に答えた。そこは木立の陰になっており、昼でも他のところよりひんやりとしていた。

「いや、すごいじゃないか」無坂は無闇に可笑しくなった。笑いながら訊いた。「お前たちに、作れるのか」

「やってみせます。雪があるのに、ただ解けるのを待っているだけではつまらないですからね」

「よし、俺に任せろ。長に掛け合ってやる」

玄三と若菜が、並んで頭を下げると、くるりと向きを変えて無坂の小屋の方に駆けて行った。

「焦ったでしょ」

振り向くと、水木が無坂の顔を覗き込むようにして見上げていた。

「お前は、手強くなりそうだな」

「姉さたちが何を話しているか、聞いてきてあげるね」

水木が若菜と玄三の後を追い掛けた。


蕎麦の穫り入れが終わると、山から吹いて来る風が俄に冷たくなり、木々の葉が赤や黄色に染まってゆく。

枝先で震えていた木の葉が散り落ちる頃、初雪が降る。まだ陽射しに当たれば解けてしまう、淡い雪だ。これが根雪になると、いよいよ長い冬が始まることになる。

集落の者たちは、家族単位の小さな小屋を閉じ、数軒がまとまって冬を過ごす大部屋に移った。これから春の新芽が吹き、花が咲くまで、ともに暮らすのだ。集落の誰もが、大叔父も大叔母も、長も、無坂らも、生まれてからずっとそうしてきた。それが、木暮衆の習いだった。

大納屋では、《入山》前の衆のための手習いが始まった。里者や山の者との約定などで間違いが起こらないように、また恥を掻かないように、と書を教えられるのである。それと同時に、《回峰《かいほう》》前の子供らに聞かせる大叔父の話も始まった。《回峰》は子供が夜ひとりで峰々を回り、胆力を鍛える儀式のことで、七歳の年の七月に行なわれた。

「今夜は方角の話だぞ。お日さまが昇り、お月さまが出てくる方が東で、沈む方が西だな。その東に向かって立った時、右を南、左を北と言う。さあ、言ってみよう。

『お日さまが昇り……』」

子供らの声が大納屋に響く。

「今日の話は、この大叔父がまだ九つの時のことだ。北と南を間違えて死にそうになったことがあったのだ。それはな、雨が三日も降り続いた後の天気のよい日のことだった……」

大叔父の話を聞くのは子供らだけでなく、書を習っている衆も、大人たちも、蕎麦の実を石臼で碾いたりしながら聞く。

そうして、一日一日を過ごし、長い冬を越すのである。

寒さが極まりを迎える頃になると、樹木の幹の中の水が凍り、激しい音を立てて裂けた。今年の冬は特別に寒かったのか、凍裂《とうれつ》の音が何度も聞こえた。その度に、森の獣たちが怯えたように吠えた。

「嫌だね」羽鳥の女房の多岐が眉を顰めた。凍裂の音とともに人が死ぬ、と言い伝えられていたからである。

「どこかで誰かが呼ばれたのじゃろうよ」ヒミの大叔母が応えた。

呼ばれたのは、禰々だった。

年が明け、天文十二年となった一月十九日に、躑躅ヶ崎館で禰々が没した。十六歳であった。

禰々に先立つようにして、寅王も亡くなっていた。寅王の死により、諏訪総領家の血を継ぐ者は小夜姫ひとりを遺すのみとなった。

禰々に付き従っていた久保坂内記は、禰々や寅王に先んじて、既に死を迎えていた。弟の又右衛門は、禰々と寅王の菩提を弔うためにと出家し、甲斐と信濃の国境の地を隠棲の地と定め、古府中から姿を消した。

その冬――。

小夜姫は、風邪をこじらせ、病の床にいた。

「死ぬのは損じゃ」

熱にうなされながら、自らに言い聞かせるように小夜姫は言った。

「わらわは、何があろうと死なぬぞ」

# 第六章　病道《やまいみち》

# 一

天文十二年（一五四三）三月。

山肌から雪が解けるのを待ち、見張りを除いた集落の者総出で山焼きが行われた。焼いた場所は、去年薪《たきぎ》にするために伐り拓いた斜面の森だった。山焼きは斜面の上から下に向けて火を放つ。下から燃やすと、火が土を嘗《な》めて走ってしまうからだ。上からじっくりと焼き、土を温めなければならない。

「いい塩梅だ」小杉《こすぎ》の大叔父が飯田の方の空を見上げながら言った。

雨雲が広がり出していた。半日のうちには雨が降り出すだろう。雨が降れば、山火事の不安はなくなる。山焼きは、空模様を読むことから始まる。

「志戸呂よう」

岩に座って山焼きを見ていたヒミの大叔母が、鹿を頼むぞ、と大声を張り上げた。

「婚礼に間に合わんと恥じゃぞ」

「必ず仕留めて来ますので、ご安心を」

「とろとろに煮込んだ鹿の肉を米の飯にのせて食べる。食べ終えた後ならば、八つ裂きにされても、あしゃ文句は言わんぞ。待ち遠しいのぉ」

「食い物が待ち遠しいとは、山左《さんざ》が聞いたら泣きますよ」

山左は、勘左の兄で、十日後に婚礼を挙げることになっていた。年は、龍五と同い年で二十一歳になる。

山の者の婚礼は、雪の解け具合にもよるが、四月に行うことが多い。だが、今年は長の《集い》の年回りなので早まったのである。

「山左なんぞ、どうでもええわい。飯さえ炊いてくれたらな」

婚礼の席での飯炊きは、山左と嫁女の仕事だった。

「食い気だけになった大叔母には勝てませんな」

「何を言うか。鶯《うぐいす》を呼べなくなった梅に、どうやって春を迎えろと言うのじゃ」

焼いたばかりの斜面を、集落の者が動き回っている。地面が熱いうちに蕎麦の種を蒔き、篠竹《しのたけ》で掃いて発芽を促すのだ。芽吹いてくれれば、二月《ふたつき》半で収穫となる。

「待ち遠しいのぉ」また大叔母が言った。

「俺の腕を信じてください」宥《なだ》めるように、志戸呂が言った。「がっかりはさせません」

「あしゃ、蕎麦のことを言っているんじゃ。お前らのように目先のことではないわい」

森の奥の深いところで鹿の鳴き声がした。声の方に振り向いたヒミの大叔母が、走れ、と志戸呂の背を小突いた。

「ご馳走が逃げっちまうぞ」

十日が経ち、山左の婚礼の日になった。嫁は十六歳。甲斐の釜無川《かまなしがわ》の上流部に集落を構える白峰衆《しらみねしゅう》の娘・茜《あかね》だった。白峰衆には、嫁いだ者も嫁いで来た者もいない。今回の婚礼が初めての嫁取りになる。山左と茜が知り合ったのは、室津の供として山左が白峰衆を訪ねたのが切っ掛けだった。白峰衆の長からの申し出を受け、室津がまとめたのだ。

白峰衆の集落から木暮衆の集落へ行くには、秋葉街道に出なければならない。釜無山の尾根を越え、東谷の谷沿いに五里（約二十キロ）の獣道を未申《ひつじさる》（西南）の方向に進むと、秋葉街道に出る。そこから、南に下るのである。

山の者だ。女連れでも、走れば一日のうちに十分着けたが、婚礼の日に婿か嫁のどちらかが走ると不縁になるという言い伝えがあるため、前日までに、嫁ぐ集落に歩いて着けるところまで進み、当日はゆっくりと歩いて行くのである。婚礼は夜と決まっていた。早く着き過ぎても身を持て余すので、夕刻に着くようにしなければならなかった。

日が山の稜線の向こうに沈み、闇が集落を覆い始めるのを待ち、集落の四か所で篝《かがり》火《び》が焚かれた。北の見張り小屋に通じる出入り口に二か所。大納屋の入り口に二か所の計四か所である。

集落では、滅多なことでは夜に火は焚かない。行事として焚かれるのは、七月に行われる《回峰》の時と十一月の《山祭り》の時だけだった。それ以外は、婚礼の時か、山犬が出た時くらいしかない。だから、篝火を見ると集落の者がそわそわすることになる。

「来たよ」

集落の中を駆け回っていた子供らが、黒く浮き上がった稜線を指さしながら叫んだ。

稜線伝いに、提灯を灯した嫁女の行列が横一列になって来るのが見えた。半刻もすれば集落に着くだろう。

「盛大に燃やせ」

羽鳥の声に応え、薪が篝火に投じられる。火の粉が揺れながら舞い上がり、夜の闇に解けて消える。

やがて北の見張り小屋から「通った」の報が入ると、羽鳥と無坂ら小頭を先頭に、集落の者が二列になって入り口に並び、白峰衆の一行を出迎える。

行列が集落に着いた。先導していた室津が脇に下がり、白峰衆の長の柏木《かしわぎ》が前に出、腰を深く屈め、出迎えの礼を述べる。

「おめでとうさんにございます」

言い交わしながら出迎えの列の間を通り、大納屋に入る。大納屋の中は、宴の席になっている。大鍋には鹿の肉と臓物の煮込み、皿には、炙り、燻《いぶ》された肉と川魚が山と盛られている。咽喉を鳴らしているのは、ヒミの大叔母だけではない。老いも若きも、目の前のご馳走に目を輝かせている。柏木の挨拶に続いて羽鳥の挨拶が始まる。羽鳥の挨拶はいつでも短い。取り柄はそれだけよ。口の悪いヒミの大叔母が言ったことがある。

「幾久しゅうよろしくお願い申し上げますでございます」

羽鳥の一言で宴になるのだが、婚礼の時は、婿と嫁による儀式がある。ふたりで皆の分の飯を大釜で炊くのだ。

普段食べるのは粟《あわ》と稗《ひえ》と蕎麦で、米を炊くのは《山祭り》の時くらいのものである。それが、百人分の米を大釜で炊くのだ。水加減の見当も付かない。

「焦がすなよ」

「ウネの叔母は焦がしたぞ。ありゃ米でなく炭だったわ」

「それを言うなて」志戸呂の女房のウネが、大口を開けて笑う。

誰かが、大釜を手に入れた時の話を始める。

「足助で何往復したか。それを持ち帰る時に、崖から落としちまったのがいてな」

「馬走の親父だ。孫六《まごろく》だあ」マブチの大叔父が、歯の抜けた口を大きく開け、叫ぶようにして言う。

倅の馬走と孫の久六が、頭を掻きながら下げる。その仕種が孫六にそっくりだと、笑いが起こる。

火の具合を茜に任せ、山左が龍五の傍らに来た。

「先に済まんな」

「直ぐに追い付くよな」志戸呂が龍五に言う。

笑って誤魔化している龍五の肩を叩き、居付きの百太郎が龍五と無坂の間に腰を下ろした。

禰々御料人と寅王の死、その後、小見の方と小夜姫が上原館に入ったという話は、昼過ぎに来た時に聞いていた。

――上原に行くか。

――今年は《集い》に出なければなりませんから、行くにしても、秋口でしょうね。

その時に交わした言葉が耳朶《じだ》に甦った。

百太郎は、背を丸めるようにして前屈みになると小声で、寅王は晴信に殺されたという噂がある、と言って無坂を見詰めた。

「小夜姫様がいれば十分だって訳ですか」

「そうなんだが、ことはもっと複雑だ。寅王様が殺されたのは、躑躅ヶ崎館ではなく、駿河だと言うんだ」

「どうして駿河なのですか」

「そこが、この話の不可解なところなんだ」

「信じられません。宮川河畔の戦いの時いらした、と言ったのは叔父貴ですよ」

「俺も騙されていたんだが、替え玉だったのよ。赤子の顔など誰にも分からんからな。替え玉を立てて戦い、役目が済んだから、と病に見せ掛けて殺した。話はそうなっている」

無坂は首を横に振って見せたが、禰々が七ツ家のことを尋ねたのを思い出した。もし、禰々が七ツ家に寅王を落とすよう頼んだとしたら。落とす先は、駿河。駿河の今川。そこには、晴信に国主の座を奪われた信虎がいる。

「まさか……」禰々は本当に七ツ家に頼んだのだろうか。それも、駿河にいる信虎の許へ落とせ、と。

百太郎が、無坂の耳許に口を近付け、あり得ん話でもないぞ、と言った。

「諏訪頼重の血を引くのが男児では、後々面倒だからな」

「話の出処は？」

「いつもの躑躅ヶ崎館出入りの者と言いたいが、今度のは、ちと違う。元禰々様のお近くにいらした方の御屋敷に上がっている者からだ。植え込みの手入れをしている時に聞いてしまったらしい……」

「半分だけ信じておきます」百太郎が眉を掻いた。

「寅王様は赤子です。慌てて殺さずとも、機会はいくらでもあります。晴信は、慌て者でもせっかちでもなさそうですし」

「言われてみると、そうだが……」

「晴信という男、余程嫌われているのかもしれませんね。何かと言うと噂を立てられるところをみると」

小夜姫はその男の側室になっているのだ。無坂は、俄《にわか》に胸が騒ぐのを覚えた。

飯が炊けたのは、それから小半刻経ってからだった。釜肌が焦げただけで、上手く炊けていた。

「いい嫁じゃ」

ヒミの大叔母が、蕩《とろ》けるように煮えた鹿肉と飯を掻っ込みながら大声を張り上げた。

その声は、見張りの衆の耳にも届いていた。

「どうやら焦がさなかったようだな」

集落を巡回している足を止め、千次が五平次に言った。北と南の見張り小屋に配された各二名と、巡回をしている千次ら六名の者は、朝まで寝ずの番をしなければならなかった。

「俺の時は、半分焦がしたから、散々悪態を吐《つ》かれた」

「俺もです」

千次と五平次は笑い声を立て、夜空を見上げた。澄み渡った空に星が降るように瞬いていた。

長の《集い》に発つ日の前日となった。

長の羽鳥に随行する者は、道案内としての無坂、それに中堅の中から三十二歳の倉松、若い衆から二十一歳の龍五が選ばれた。倉松は二度目になるが、龍五は初めての行となる。各地の長が集まるところに出るのである。龍五は眠れぬ夜を過ごしていた。

「そんなものだ」

無坂が初めて長の《集い》の行に加わったのは二十五の時だった。その時の胸の高鳴りはまだ忘れていない。

若菜と水木が、無坂と龍五の背負子に籠を括り付け、着替えの刺し子や雨除けの引き回しなどを床に並べている。無坂と龍五は、ひとつひとつ手に取り、籠に収めてゆく。

これらの品の他に、往復の道中の途次と《集い》の期間中に食べる蕎麦の実と味噌があった。《集い》の場を提供してくれる集落の負担を軽くするために、各集落とも食べるものは持ち寄ることになっており、無坂らは余裕をみて一日前に着くように行動するので、一日分多く用意してゆくことになる。それらの荷は、若い倉松と龍五の籠に振り分けられた。

「蕎麦餅は焼いておいたけど、鹿肉は志戸呂の叔父貴が用意してくれてる」

「らしいな。山椒の実と塩を擦り込んでいるとか聞いたぞ」

「美味しかったよ」水木が言った。

「食べたの？」若菜が訊いた。

「燻し小屋を覗いていたら、端っこを食べさせてくれた」

「まあ」若菜が呆れたというように、天を仰いだ。

「それより、氷室はどうなったんだ？」無坂が若菜に訊いた。

「着々と……」

「進んでいるのか」

若菜ではなく、水木が強く首を左右に振った。

「この間、玄三の兄さ、頭、抱えてた」

「見たの？」若菜が水木に言った。

「『駄目だ。これじゃ解けっちまう。どうしたらいいだ？』って言ってた」

「水木！」

裸足で逃げ出した水木を、若菜が追い掛けた。いいぞ、いいぞ。誰かがふたりを囃し立てている。若菜の怒鳴る声が遠退いたり、近付いたりしている。水木が逃げ回っているのだ。無坂は、ふたりを無視して龍五に言った。

「長の《集い》に供として行くのは名誉なことだ。振る舞いには気を付けるようにな」

「心しています」

きつく結んだ口許が、女房の千草に似ていた。

「集落を一歩出ると、思わぬことに出会すこともあるだろう。だが、焦ることはない。これまでにお前が身に付けてきたものが、助けてくれるはずだ」

「はい」

「いい返事だ。では、命ずる」

「何でしょう？」

「あの妹どもを何とかしてくれ」

「それは分かりましたが、あのふたりを、そろそろ何とかした方がよいのでは？」

「若菜と玄三のことか」

「そうです」

「頃合か」

「少々過ぎているようにも思いますが」

「長に頼んでみよう」

「では、何とかしてきます」

龍五は小屋から飛び出すと、ふたりが姿を消した畑の方へと駆け上って行った。

二

無坂らは、夜明けとともに集落を出た。先頭に無坂、続いて羽鳥、龍五、殿《しんがり》に倉松という並びである。

今日の露宿地は飯田と駒場の中程辺りか。天龍川を渡る刻限によって決めればよかった。

《集い》の場所は、美濃と信濃の国境にある恵奈山《えなさん》と焼山《やけやま》の谷近くにある恵奈衆の集落である。飯田まで進めれば十分だった。《集い》の場所は、持ち回りで変わる。各地の者が《集い》に参加し易いようにと、信濃から飛騨、美濃の渡りをしていない集落の場合が多かった。木暮衆は渡りを続けていたこともあり、まだ《集い》の場となったことはない。

天龍川の渡河に手間取り、飯田の集落に入った時には、日は大きく傾いていた。飯田の外れに草庵を建て、露宿することにした。

雨の降る気配はない。草庵は簡便なものでいい。枝で柱を立て、渋紙を被せただけのものにした。

「土の上に寝るのは久し振りだ」と羽鳥が言った。「こうして身体がなまってゆくのだろうな」

「渡りを止めた時から、里者のようになり始めているのですよ。若い衆には、もっと歩かせるようにしないといけませんね」

「今年は《回峰》の他に、若い衆と子供衆を組ませて、四、五日山歩きさせてみるか」

「食い物は持たせず、手に入れられなかったら飯抜きになるとか、厳しいのがいいでしょうね」倉松が、柱にする枝の葉を落としながら言った。

「面白いですね。やってみましょう」龍五が倉松を見てから、羽鳥と無坂に言った。

「猿の動き次第だろうな。奴らがいなければ賛成だ」無坂が龍五に言った。

「まだ気にしているのか」羽鳥が言った。

確かに鹿は襲われたかもしれない。だが、無坂は襲われていないではないか。昔から猿が人を襲ったという話はある。あるが、頻繁に聞く話ではない。何かの具合で人を襲うこともあるのだろうが、心配のし過ぎはよくないのではないか。羽鳥が柔らかく諭すように言った。

「仰る通りかもしれません。年ですね、怯えているのでしょう……」

無坂が受け入れたこともあり、そこで話は途切れたが、無坂の思いは胸の中でくすぶり続けた。あの群れは、何をするか分からない。

龍五と倉松に、鍋に入れる野草を探してくるように言い付け、自身は川辺に水を汲みに草庵を離れた。黒い山が草庵の上にのし掛かっていた。奴らはいる。どこかの山で、人を襲う機会が来るのを待っている。そう思われてならなかった。

翌朝、無坂らは夜の明ける前に朝餉を摂り、草庵を片付けて飯田を発った。《集い》が始まるのは明日だが、この二年の間に世話になった衆への挨拶がある。余裕をもって一日前に着くためである。

三ツ山の山裾を抜け、湯川を通り、駒場を過ぎ、沢沿いの道を寒原峠に向かう。この沢沿いの道は伊奈街道の難所と言われていたが、無坂らにとっては丁度よい足慣しだった。

寒原峠を越えたところで街道を外れ、恩田川を遡る。藪は深く、蔓草が覆っている。伐り拓きながら進むしかない。無坂が籠に手を回していると、

「俺が行きます」龍五が言った。

任せることにした。龍五は籠から長さ二尺（約六十一センチ）の杖を取り出すと、袋状になっている山刀の柄に差し込み、竹の目釘を刺した。短い手槍が出来上がった。

龍五の手槍が、巧みに細い枝と蔓草を払っている。無造作に払っているようでいて、確実に伐る枝を見定めていた。手当たり次第に手槍を振るうと太い枝まで払い、山刀の刃を傷めることになる。

「いい目をしているな」

声を掛けた倉松と、倉松の前を行く龍五の足が止まった。ふたりが足許を見回している。

何だ？　問おうとして無坂も、身の周りの葉や落ち葉を見た。小さな、一寸（約三センチ）ばかりの茶褐色の生き物が、棒のように身体を立て、先端を蠢《うごめ》かせている。蛭《ひる》だった。無坂ら人の気配を察知し、夥《おびただ》しい数の蛭が血を求めて動き始めたのだ。身体を不気味に伸び縮みさせ、湿った葉の上を近付いて来る。

「逃げるぞ。走れ」

最後尾にいた無坂が叫ぶと同時に駆け出した。羽鳥が、倉松が、龍五が続いた。蛭に気付いたのが早かったのか、ものの半町（約五十五メートル）も離れると、蛭の気配がなくなった。無坂は開けたところで足を止めると、刺し子に次いで草鞋と足袋を脱ぎ、叩いた。無坂には、蛭は付いていなかったが、先頭を歩いていた龍五と二番目にいた倉松の足袋と刺し子の袖に蛭が取り付いていた。龍五は足袋の隙間に潜り込まれ、血も吸われていた。倉松が山刀の切っ先で、血を吸い膨らんでいる蛭をこそぎ落とした。

「申し訳ありませんでした」

頭を下げた龍五に、よく気が付いた、と羽鳥が言った。

「普通は巣の真ん中まで入り込んでしまい、抜き差しならなくなってから気付くものだ。そうだったなっ？」羽鳥が無坂に訊いた。

十年も前になるだろうか。羽鳥と無坂と、馬走の父の孫六の三人で、冬虫夏草《とうちゅうかそう》を探しに山に分け入った時のことだった。樹上から葉に落ちてくる音で蛭に気付いた時には、蛭の群れのど真ん中に入り込んでしまっていた。そう言えば足首の辺りに痒みを覚えていた、と後になっては言えたのだが、遅かった。ぽたぽたと落ちてくる蛭の雨の中を、駆け抜けるしかなかった。

「そうやって、ひとつひとつ覚えてゆくしかないものだ」

羽鳥が、藪の下にある獣道を指して、こっちからぐるりと回って行こうか、と言った。

龍五に代わって倉松が先頭に立ち、龍五が補佐に回った。

蛭にも行き当たらずに川の上流部を過ぎ、山稜の鞍部《あんぶ》へと差し掛かった。鞍部を越え、中津川沿いに下る。中津川に注ぐ一の川、二の川を通り、三の川に出たら、恵奈山の方へと九町（約一キロ）程遡れば、恵奈衆の集落に着く。

「名と顔を覚えてもらえるよう、お集まりの衆とよく話をするのだぞ」羽鳥が、倉松と龍五の背に言った。「どこで会っても、木暮衆の誰それと言えば話が通るようにな」

「どこかで控えていなくても、よいのですか」龍五が訊いた。

「《集い》が行われている時も、その後の宴の時も、顔繋ぎをしていればいい。そのための《集い》であり、宴なのだからな」

「分かりました」

大きく踏み出した倉松と龍五の足が、同時に止まった。また、蛭か。違います。人です、と倉松が樅の木の根方を指さした。灌木を透かして見ると、髪の半ばが白くなっている男が仰向けに横たわっていた。

行の途次なのか、手甲脚絆《てっこうきゃはん》を付けており、手許に杖が、頭の下には菅笠が押し潰されたように敷かれている。雨露を凌ごうとしたのだろう。樅の木に太めの枝を立て、蔓で縛り、葉の付いた細い枝で屋根らしきものを作っていた。そのあまりに粗末な作り方は、山の者の仕事とは思えなかった。

「死人でしょうか」龍五が倉松に訊いた。倉松が首を捻っている。

無坂と羽鳥は、四囲の木立を見回した。目の届く範囲の木の幹には、進む方向を示す彫り印はなかった。

その男が病を得て生まれた村を追われた者であることは想像が付いた。無坂は倉松と龍五の前に進み出て、男の傍らに膝を突いた。男はひどく痩せており、眼窩《がんか》も頬も落ち窪んでいた。旅が長いのか、身体から饐《す》えたようなにおいがしていたが、埋葬虫《しでむし》がたかるとか、蛆の湧いている気配はなかった。

「どうした、大丈夫か」無坂が呼び掛けた。

返事はない。無坂は手を伸ばし、腰の辺りを揺すってみた。手に男の温もりが微かに伝わってきた。力を入れ、強く揺すった。男が片目を開けた。片方の目は目脂《めやに》で開かないらしい。男が唸るような声を出し、手を小さく二度、三度と挙げた。

「水か」

男が、かろうじて顎を咽喉許に引き寄せるようにして頷いた。無坂は竹筒の栓を抜き、男の乾いてひび割れた唇に竹筒を当て、傾けた。男の咽喉が縦に動き、吐息を漏らした。

「お前さん、病持ちか」

男が灰色の膜を被せたような目で無坂を探るように見詰めてから、僅《わず》かに頷いた。

「そうか。随分と苦労したようだな」

男の片方の目の奥から涙が湧いてくるのが見えた。

無坂は男の膝を軽く叩いてから立ち上がると羽鳥に、俺が残りましょう、と言った。

「叔父貴」

倉松を制して、お前ら若い者の仕事ではない、と言い、長の供をして先に行け、と言葉を添えた。

「済まんな」と羽鳥が言った。「《集い》の衆には言っておくでな」

「お願いいたします」

「病持ちなんですか」龍五が無坂に訊いた。

「聞いたことくらいあるだろう」と羽鳥が言った。「山にはな、獣の通る道、山の者の通る道、そして病の者の通る道がある、と。ここが病道《やまいみち》とは知らなかった。滅多に行き合わすことはないのだが、このように出会すこともあるのだな」

「…………」

羽鳥の言葉を聞きながら龍五は、子供の頃にヒミの大叔母が話してくれたことを思い出していた。

――いろんな者が山ン中にいるが、帰らねえ旅をしている者もいるってことを、覚えておくのじゃぞ。

集落を追われる者には、悪行のために追われる者と、不治の病やうつる病に罹ったから、と追われる者がいる。悪行のために追われる者は、右の耳から左の耳に掛け、顔の真ん中に刀傷を付けられる。このような者を《ひとり渡り》と言う。病のために追われる者の中には、他の者に迷惑を掛けるのを嫌い、自らすすんで出る者もいるという話じゃ。

渡りをする集落の中には、年を取ると渡りに連れて行けないからと集落に残すことがある。これが《姥捨て》じゃ。小屋と当座の食い物は置いてゆくが、そんなものがいつまでもある訳ではねえ。食い物を探して山の中を彷徨い、野垂れ死ぬことになるのが落ちじゃ。中には訳あって集落を捨て、自ら山に入る者もいる。この、死に向けての渡りを《逆渡《さかわた》り》と言う。だがな、死に向けての渡りをする者は、滅多におるものではねえ。

「この人は……」

思わず目で尋ねた龍五に、そうだ、とだけ倉松が答えた。その倉松に羽鳥が、食い物を分けるように命じ、次いで無坂に言った。

「帰りには寄るから、凌《しの》いでいてくれ」

倉松が、鍋の中に蕎麦の実と味噌に塩、それと燻した鹿肉を切って入れた。

「足りますか」

「十分だ」

真冬ではない。狩りに出れば、鳥か兎を捕らえることも出来るだろう。

藪に紛れて行く羽鳥と龍五らの後ろ姿を見送っていると、おめえさまも、と男が声を絞り出した。

「どうぞ、お仲間の方々と行ってください。おらは、じき治りますけ」

「とてもそうは見えんぞ。遠慮はなしだ」

「でも、見ず知らずの御方に……」

「俺たち山の者には、破ってはならないふたつの定めがある。ひとつは、命を助けた者は、見守らねばならぬ。もうひとつは、山で難儀している者は助けなければならぬ、だ」

ふたつ目は、正確な言い方ではなかった。死にかけている者は、命が尽きるまで看取らねばならぬ、が本当のところだった。しかし、そうは言えない。

だから、と言って無坂は膝を突くと、男の肩に手を当てて言った。暫くの間付いているから、また旅が出来るように治すがいいぞ。

男が、震える手を拝むように合わせた。

「ここでは身体が冷えてしまう。もう少し寝心地のよいものを作ろう」

無坂は草庵作りに取り掛かった。

ここ何日かは雨の降りそうな気配はなかったが、どれくらいいることになるか、分からない。ある程度のものは、作らなければならないだろう。長鉈で細身の木を倒すと、枝を払って梁と柱にし、払った枝を細かく折って地面に敷き、草で覆った。屋根には渋紙を掛け、草を被せ、煮炊きと獣除けのために簡便な囲炉裏を入り口近くに切った。それらの作業を男は、目脂が取れたのか、ふたつの目を開けて見ていた。

「上手いもんで、ごぜえますですね」

「山の者なら、造作もないことだ」

無坂は男が雨除けに使っていた枝を取り払い、薪にすると、男の背に腕を回し、草庵に入れた。

「ありがとごぜえますです。ですが、うっちまうと、はあ、いけませんので、あまり近付かんように」

「どこが悪いのだ？」

「……胸だと聞いとります。血ぃを何度も、何度も吐いたです」

「では、歩くのはつらいだろうな」

「そりゃあ、もう……」

「火を熾そう。温まるといい」

無坂は籠から竹筒を取り出した。竹筒には、火打ち石と火打ち金に、艾《もぐさ》と付木にする薄い板が入っている。艾に火花を落とし、燃えついたところで火を付木に移し、素早く囲炉裏の木っ端の底に差し込んだ。

男は小さな炎を見詰めたまま凝っとしている。無坂は火の回り具合を確かめながら、いつから食べていないのか、訊いた。一昨日までは、蛙や、朽木の中にいる幼虫などを食べていた、と男が答えた。

「水を汲んで来るから、それまで」と無坂は鹿肉を細く切って、男の手に握らせた。

「嚙まずにしゃぶっているのだぞ」

「鹿、でごぜえますだか」

「燻して持ち運び出来るようにしたものだ。気に入ったか」

「燻す？　川魚は囲炉裏の煙《けぶ》で燻したことあっけど、鹿の肉は初めて聞いただ」男はしゃぶっていた鹿肉を目の前に翳し、うめえもんだあ、と言った。

「直ぐ戻る。少し引き返したところで水が湧いていた」

「そんなら」と言って男が、上を指した。「猿を探してもらえんですか」

猿に狙われているのか、尋ねた。

「そンではねえです」

一月程前、食べ残した魚を分け与えた時から、付いて来るようになったのだと、男が言った。

「群れから追ン出たのか、追ン出されたのか、年寄りで片目の、右の目ぇの潰れた雄猿で、いつもぽつんと木ぃの上からおらを見とるです」

群れの頭になる闘いに敗れた《はぐれ猿》だろう、と無坂は思った。

「気を付けていよう」

だが、水を汲み終えて戻るまで、どこにも猿の気配は感じられなかった。そうですか。男はひどく気落ちしたように見えた。

鍋を梁から吊るし、湯を沸かし、男の口に白湯を含ませたところで、鍋に甘野老《あまどころ》の地下茎と滑莧《すべりひゆ》の茎の干したものを落とした。

「滋養になるぞ。身体に力を付けないとな。煎じ薬が出来たら、蕎麦雑炊を作るからな」

「ご馳走だで。済まんこってす」

「一々礼はいらんぞ。それより、里はどの辺りなのだ？」

ああっ、と男が半身を持ち上げるようにして、おらは、と名乗った。美濃の高時山の麓にある桑形村の豊助《とよすけ》と言いますだ。すると、この病んだ身体で付知川《つけちがわ》を下って木曾川を渡り、そして中津川を遡って来たことになる。

「俺は……」

無坂も応えてから、集落をいつ頃出たのか尋ねた。

「去年の夏前ですだ」

冬はどうやって乗り切ったのか、訊いた。

「まだ無理すれば身体が動いたで、鳥を捕っては食い物に代えたり、施しを受けたり、寺の下働きをさせてもろうたこともあったですだ」

一度死にかけたことがあったと言い、男が激しく咳き込んだ。背をさすろうとした無坂の手を頑なに拒み、暫くして落ち着きを取り戻すと話し始めた。

「後にしたらどうだ？　少し休んだ方が……」

「話しておきたいですだ」

去年の秋のことですが、山の方に助けられました、と豊助が言った。その御方はひとりで山を渡っておんなさったです。

「顔に傷は？」無坂は顔の真ん中を指でなぞった。

「いいえ……」

豊助が問いたげな表情を見せたので、無坂は続けるように促した。

「その時も、さっきみたいに木に寄り掛かっていたですだ。ああ、おらは死ぬのだな、と思いながら、そしたら」

どうした？　声を掛けてくれたのが、軒山衆《のきやましゅう》の真木備《まきび》という御方でした。

軒山衆という名には聞き覚えがなかった。長の《集い》に加わっていない集落なのだろう。小さな集落や渡りを繰り返している集落の中には、加わらずにいるところがまだまだ沢山あった。

「その方も、お気の毒な御方で……」豊助は一口白湯を飲むと、続けた。「遠くに出掛け、一冬留守にしている間に、集落が盗賊に襲われ、皆殺しにされたそうですだ」

飛騨と木曾の間で渡りを繰り返していた宍戸衆《ししどしゅう》の話が甦った。皆殺しに遇っていた。他でも同様のことが起こっていたのだ。

「その軒山の真木備という人は？」

「どこの誰とも分からない仇を探して、山を渡っているのだと言うておられました」

真木備は半月ばかりをともに過ごし、豊助が歩けるようになったのを見届けてから、山に入って行ったらしい。

三

何でもよう知っている御方でした、と豊助が真木備について話し始めた。薬草から生きる術、何もかもを身に付けておられました。

「生き長らえるには、水辺の近くにいろ。水草があり魚がいる。獣も水を飲みに来る。罠を仕掛ければ造作なく獲れる。襲われた時は、水に逃げればよい」

石の上には壁蝨はいない。休む時は石に座れ。冬が来たら里に下りろ。墨染めを一枚持っていれば、施しを受けられることもある。

生き物に倣え。土蜘蛛を見ろ。冬になり、火も焚けぬ時は、土を掘り、身体をすっぽりと埋め、菅笠で穴の蓋をするのだ。風を除け、己の身体の温みで朝を迎えることが出来る。

「おらは百姓ですだ。薬草も、随分知っているつもりでいたけど、とても敵わなかった。色々なことを教えてもらいましただ」

そして、と言って豊助は無坂を見上げた。

「おめえさまが、ふたり目ですだ。おらは、今度こそ、もう駄目だと思ってただ」

「正直に言う。今日、明日ということはないだろうが、多分ここからは動けないと思う。それだけ身体が弱り抜いている」

「分かってますだ……」

「だが、安心するがいい。この俺が看取ってやるからな」

「へえ……」

豊助は両の掌で顔を覆った。背が波打った。

「朝までの薪が要る。伐って来るので、休んでいなさい」

草庵を出、屈めていた腰を伸ばして木々を見上げると、目の前の榧《かや》の古木に猿がいた。高いところにいるので、片目かどうかは分からないが、身動きせずに無坂を見下ろしている。

豊助には後で教えることにし、無坂は四囲の枯れ枝を拾い集め、草庵の入り口に山と積み上げた。終夜のみならず、昼も焚き付けなければならないからだ。

薪集めを済ませ、竹筒に水を汲み置き、草庵に潜った。

「いたぞ」

返事がない。顔を覗き込むと、口から顎に掛けて血で汚れている。

「大丈夫か」肩を揺すると細く目を開け、済まねえ、汚しちまっただ、と、無坂が敷き詰めた草を掌で拭おうとする。

「下は地べただ。放っておけ」

背に手を回して起こし、口を漱《すす》がせ、横にする。震えている。

「寒いか」

「申し訳ありませんが、寒い、ですだ」

天井が低いので、薪が多過ぎると火が付いてしまう。枝を折り、炎が立ち上らないようにして囲炉裏にくべた。炎が鍋底を舐めている。

「ああ」と豊助が目を閉じた。「暖かくなりました」

黒光りした顔が赤く照らされている。

「おらは村にいた時も、出てからも厄介者だっただ。石を投げ付けられたことも、唾を吐きかけられたこともあったですだ。そんな取るに足らないおらのことを、おめえさまたちは……」

「取るに足らぬものなど、この世にはない。一本の木にも草にも、命は流れている。己を粗末に扱うのは、ここまで生きてきた己への裏切りだぞ」

「同じようなことを、軒山の御方からも言われただ。だから、生きろ、と」

「そうだ。生きるのだ」

「そんでは迷惑を掛けるばっかで」

「例えば俺だ。俺もそのうち誰かに迷惑を掛けることになる。それで帳消しだ。順繰りに迷惑を掛けてゆけばよいではないか」

「そんなもんですだか」

「そんなものだ。生きるってことは」

「へえ……。少し気が休まりましただ」

「では、よいことを教えてやろう。いたぞ」

無坂が椢の古木を指した。猿がちょこんと枝に座っている。身を乗り出すようにして見上げた豊助の頬に笑みが刻まれた。

「安心したら、煎じ薬を飲め。俺は腹が減ってきた。雑炊を作りたいのでな」

「へえ、飲ませていただくだ」

豊助が竹筒で煎じ薬を飲んでいる間に、残りの煎じ薬を太い竹筒に収め、新たに雑炊の支度に掛かった。蕎麦の実を籠から取り出していると、

「明日にでも」と豊助が言った。「おらの墓穴を掘ってくれねえだろか」

「心配するな、必ず埋めてやる」

「そんではねえです。おら、おめえさまがおらをうっちゃるなんて、思うてねえです。ただ、おめえさまが少しでも早くお仲間のとこさ行くには、おら、そうしといた方がいいと思っただ」

「行く先は分かっているから、心配するな」

「でも……」豊助が縋《すが》るような目をして無坂を見ている。

「分かった」

「掘ってくれるだか」

「明日起きたら、掘ろう」

「えがった」

豊助は味噌を落とした蕎麦雑炊の汁を少し飲むと、眠りに就いた。無坂は囲炉裏に薪をくべ、草庵の外に出た。猿はまだ梢にいた。暮れかけた空を背に、黒い塊になっている。

「鹿の肉だ。食え」

椢の木の根元に肉を置き、振り向かずに草庵に戻った。暫くすると、落葉を踏む脚音がした。鹿の肉を食べに下りてきたのだろう。無坂は、手槍を抱き、囲炉裏を挟んで豊助と向かい合って眠った。

夜中に様子を見に来た猿に、豊助が低い声で話し掛けている声がした。猿は草庵の周りを歩き回ってから、また椢の木に上って行った。

夜明けとともに起き出した無坂は、豊助の様子を見てから火を熾した。猿を探したがどこかに塒を見付けたのか、椢の木にはいなかった。

　蕎麦雑炊の残りを温め、豊助には汁を飲ませて朝餉を終えると、無坂は墓掘りの支度に取り掛かることにした。長鉈で手頃な太さの木を倒し、踏み鋤《すき》のように先を尖らせ、柄になるところは握り易いように細く削った。鋤で土を掘り起こしたら、長鉈で掻き出せばいい。

「どこにする？　好きなところでいいぞ」

　豊助は、既に決めていたのだろう、即座に樅の木の下を望んだ。

「おらの村では、死ぬと必ず木の下に埋めてもらうだ。腐った身体を木の根が吸うだろ。そすっと、おらは木になるだよ。おら、木になって下を通るもんを見守ってるだ。ずっとな」

　豊助は晴れ晴れとした顔を見せると、ふと思い付いたように、おめえさんたちは、と訊いた。

「集落で死ねば弔いを出してくれるが、行の、旅先のことだ、行の途中で死ねば、その時は杖を」と無坂は、手槍にしている杖を顎で指した。「倒れる寸前に、死に場所に刺すだけだ。身体は獣の餌だな。仲間が通れば、ここで死んだと分かる。それだけだ」

「杖に、おめえさまの名でも彫ってあるだか」

「名はない。印だけだ。俺の印は、端近くにぐるりと三本の輪を彫り回してあるから、仲間が見れば分かる。誰のか分かればいいのだ。それでも、仲間に知らせたいという思いから、土に刺しても腐りにくい槐《えんじゅ》の木を選ぶものが多いな。俺のも槐だ」

手槍を見ている豊助に、

「病道には、印があると聞いたが」と尋ねた。樅の木にも近くの木にも、それらしい印はなかった。

「おらはこの道を通ったぞ、と知らせる人がいるとは聞いたことあるけんど、この辺りでは見てねえな。でも、人に会いたくね、上り下りの激しいのは嫌《や》んだ、と思って道を選んでいると、同じような道になってしまうだよ」

豊助は口だけ開けて笑うと、首を伸ばすようにして、墓標は立ててくれるだか、と言った。

「立てよう。この鋤に名を彫ってやる」

「土で汚してもらえると、ありがたいんだけんど」墓標の削り跡が新しいと、新仏だ、と山の霊が取り憑くと考えるものがいた。豊助の集落も、そう考えていたのだろう。「汚してやるから、安心しろ」と答え、「掘り始めるぞ」無坂は鋤を地面に打ち付けた。

思った以上に、土が固かった。掘り起こすのに苦労しそうだった。長鉈を打ち込めばもっと楽に掘れそうだったが、やたらと石が埋まっていた。鋤を刺し、土を掘り起こした。木の根に行き当たった。土を掻き出し、長鉈で断ち切り、再び鋤を突いた。刺し子を脱ぎ、汗を滴らせながら、掘り進めた。深さが一尺（約三十センチ）程になった。亡骸を納めるには十分な深さだったが、獣に掘り返されぬとも限らない。もう一尺掘ることにして、鋤を突いた。

「似てるだよ……」横たわっていた豊助が、ぽつりと言った。

「誰に？」

「軒山の御方だよ」

「年は同じくらいなのか」

「いいや」真木備は無坂より十四、五は上だろうと、豊助が言った。十四とすると、真木備は五十三になる。

「どこが似ているのかと訊かれても……、上手くは言えねえんだけんど……」

豊助がひどく苦しげに顔を歪めた。無坂は鋤を置き、草庵に戻り、背をさすった。

「無理に話すな。後で聞く」

頷こうとした豊助の咽喉が鳴った。

「構わん。吐き出せ」

草庵の入り口が真っ赤な血で染まった。豊助は、口で細い息を継ぎながら、目を閉じた。無坂は囲炉裏に小枝をくべ、煎じ薬を豊助の口許に運んだ。

「口を漱ぐか」

「あとで……」

「分かった」

身体をさすろうとすると、掘って、と豊助が言った。

「土のにおいと、掘る音が、気持ちいいだ」

「土のにおいは俺も好きだ。掘るぞ」

豊助が青ざめた顔で小さく笑った。

無坂は思い切り鋤を突き、長鉈を振り下ろし続けた。穴は徐々に深くなっていった。

これくらいでいいだろう。

「どうだ」と訊いたが、豊助の関心は別のところに向いていた。

「トヨスケ」と豊助が声に出した。何かと思い、豊助を見ると、肉の落ちた骨張った指で、高みを指している。見上げると、猿がいた。昨日よりも低い枝にいるので顔が見えた。片方の目が潰れていた。

「トヨスケ」と豊助が、また呼んだ。

「トヨスケと言うのか」

「これなら忘れねえだよ、絶対に」それに、と豊助が言い足した。「あいつは、おらだから……」

「鹿の肉をあげるかな」

「ありがてえことで」

無坂は籠から鹿肉を取り出し、椹の木の根方に置いた。昨日は無坂が離れるまで下りてこなかったが、今日は置いたと同時に下りてきて、手に取り口に運んでいる。

「可愛いものだな」

豊助が嬉しげな顔をした。

墓穴を掘り終えた無坂は、豊助が寝ている間に野草を採り、薪を集めた。草庵に戻ろうとしてトヨスケの姿が木の間から見えると、安堵する自分がいた。豊助の心に触れたような気がした。

その夜トヨスケは、椹の木の枝で丸くなって眠った。豊助は夜中に目が覚めると、トヨスケがいるのを確かめては、ほっと息を吐き、また軽やかな寝息を立てた。

枝の爆ぜる音で目が覚めた。

「起こしちまっただか」豊助が囲炉裏に枝をくべている手を止めて言った。

日は既に上り始め、森に朝陽が差し込んでいた。

「寝過ぎた。朝陽に先を越されたのは久し振りだ」

「おらもだ。気分がいいだよ、今朝は。何だか歩けそうな気になっているだよ」

「ここで無理をしたら、また苦しい目に遇うぞ」

「分かっているだよ……」

枝に手を伸ばしていた豊助が、あれっ、と言って椎の木を見上げた。

「行っちまうだよ」

振り仰ぐと、トヨスケが枝を渡り、慌てて離れて行こうとしていた。藪の向こうでは、トヨスケが消えた方へと兎《うさぎ》が駆けて行く。あちこちで獣が駆け出しているのか、山がざわめいている。その時になって、枝や葉が動いていないことに気が付いた。風が凪《な》いでいるのだ。

異変が起きたのは、それから四半刻程経ってからだった。俄《にわか》に寒気がしたと思っていると、遠くの藪で何かが動いたのだ。何だ？　凝らした目に、木の間を掠めるようにして黒い影が渡ってくるのが見えた。

「影だ」と無坂が言った。「あれに呑まれたら、命を取られるぞ」

首を擡《もた》げた豊助が、あれが、と呟いた。影……。

「知っているのか」

「聞いたこと、あるだよ」

「心配するな」無坂は籠から塩の袋を取り出しながら豊助に言った。「身体を塩で清めておけば大丈夫だ」

「苦しむだか」

「知らん。が、間違いなく死ぬ」

「…………」

塩を手にした無坂が、豊助の身体に揉み込もうとすると、

「おら……」と豊助が、首を横に振った。「いらねえだ」

「死んじまうぞ。いいのか」

「いいだ」

「早まるな。まだ暫《しばら》くは生きられるのだぞ」

「いいや、おら、今日でいいだ。昨夜も今朝も気持ちよく寝られただ。こんな日に逝けたら、おら幸せだ……」

人の形をしていた影は、草庵の間近に迫ると、地に貼り付き、這うようにして間合を詰めてきている。

「おめえさまは、早く塩を」

「本当にいいのか」

「いいだよ」

無坂は掌の塩を足に擦り込み、身体に掛けた。

「これで、おさらばするだ」

豊助が言った。無坂は頷《うなず》いた。

「ありがとうごぜえましただよ」

「…………」

「おら、樅の木になるだ」

豊助の足に影が触れた。影は、爪先から這い上って腿《もも》から腰、胸と進んでいる。無坂の足許にも影は伸びてきたが、塩気を感じ取ったのか、脇へと逸れてゆく。無坂は安堵の息を吐きながら豊助に目を遣った。身体を黒く覆っていた影が、行き過ぎようとしていた。足許から順に、影が抜けている。

「豊助」

名を呼んでみたが、返事がない。影が豊助から抜け、流れるようにして藪に消えていった。豊助の名をもう一度呼んでみた。やはり、返事がない。微笑みを浮かべ、静かに目を閉じている。

無坂は、掌の汗を刺し子で拭うと、豊助の肩を揺すった。

豊助は事切れていた。

（下巻に続く）

本書は文庫書下ろしです。

地図作成／ジェイ・マップ

|著者| 長谷川 卓　1949年、神奈川県生まれ。早稲田大学大学院文学研究科演劇専攻修士課程修了。'80年、「昼と夜」で第23回群像新人文学賞受賞。'81年、「百舌が啼いてから」で芥川賞候補となる。2000年、『血路——南稜七ツ家秘録』で第2回角川春樹小説賞受賞。主な著書に『死地』、「戻り舟同心」シリーズ、「雨乞の左右吉捕物話」シリーズ、『逆渡り』、『嶽神』などがある。

嶽神伝《がくじんでん》　無坂《むさか》(上)

長谷川《はせがわ》 卓《たく》



講談社文庫
定価はカバーに
表示してあります

2013年10月16日第1刷発行

発行者——鈴木　哲
発行所——株式会社　講談社
東京都文京区音羽2-12-21　〒112-8001
電話　出版部 (03) 5395-3510
　　　販売部 (03) 5395-5817
　　　業務部 (03) 5395-3615

デザイン—菊地信義
本文データ制作—講談社デジタル製作部
印刷———豊国印刷株式会社
製本———株式会社若林製本工場

Printed in Japan



ISBN978-4-06-277663-9

# 講談社文庫刊行の辞

二十一世紀の到来を目睫に望みながら、われわれはいま、人類史上かつて例を見ない巨大な転換期をむかえようとしている。

世界も、日本も、激動の予兆に対する期待とおののきを内に蔵して、未知の時代に歩み入ろうとしている。このときにあたり、創業の人野間清治の「ナショナル・エデュケイター」への志を現代に甦らせようと意図して、われわれはここに古今の文芸作品はいうまでもなく、ひろく人文・社会・自然の諸科学から東西の名著を網羅する、新しい綜合文庫の発刊を決意した。

激動の転換期はまた断絶の時代である。われわれは戦後二十五年間の出版文化のありかたへの深い反省をこめて、この断絶の時代にあえて人間的な持続を求めようとする。いたずらに浮薄な商業主義のあだ花を追い求めることなく、長期にわたって良書に生命をあたえようとつとめるところにしか、今後の出版文化の真の繁栄はあり得ないと信じるからである。

同時にわれわれはこの綜合文庫の刊行を通じて、人文・社会・自然の諸科学が、結局人間の学にほかならないことを立証しようと願っている。かつて知識とは、「汝自身を知る」ことにつきていた。現代社会の瑣末な情報の氾濫のなかから、力強い知識の源泉を掘り起し、技術文明のただなかに、生きた人間の姿を復活させること。それこそわれわれの切なる希求である。

われわれは権威に盲従せず、俗流に媚びることなく、渾然一体となって日本の「草の根」をかたちづくる若く新しい世代の人々に、心をこめてこの新しい綜合文庫をおくり届けたい。それは知識の泉であるとともに感受性のふるさとであり、もっとも有機的に組織され、社会に開かれた万人のための大学をめざしている。大方の支援と協力を衷心より切望してやまない。

一九七一年七月

野間省一

**梅崎春生**

# 狂い凧

虚無とアイロニーをまとい、人生の不条理を見つめ続けた異色の戦後派作家・梅崎春生が、過去と現在を緻密な構成で繫ぎあげた晩年の集大成。芸術選奨受賞作。

解説=戸塚朝子　年譜=講談社文芸文庫

うB3

978-4-06-290210-6

**井伏鱒二**

# 釣師・釣場

三崎で老鯛釣名人の、甲州ではヤマメ釣名人の釣談義に耳を傾け、尾道、奥日光、吉野川まで足を伸ばして釣三昧に明け暮れる。旅情と人情あふれる古典的名随筆。

解説=夢枕獏　年譜=寺横武夫

いC17

978-4-06-290208-3

**江藤淳**

# 考えるよろこび

現代における真の「英知」とは何か。自らを発見し、歴史を知ることの「よろこび」を、軽妙なユーモアと明快な論理で語る、江藤文学の核心へ誘う臨場感溢れる名講演集。

解説=田中和生　年譜=武藤康史

えB6

978-4-06-290209-0

講談社文庫　目録

# 講談社文庫　目録



2013年9月15日現在